W0266486

Nordische Mythologie

Dieses Buch enthält Heldensagen, Mythen und Sagen, Göttersagen, Figuren und Wesen der Altnordischen

Inhaltsübersicht

Einführung

Liebe Leserinnen und Leser, in diesem Buch, das die Frucht langer Forschung ist, haben wir uns vorgenommen, gemeinsam die wichtigsten Schritte der nordischen Mythologie durchzugehen, durch Sagen, Mythen, den Ursprung des Kosmos und all seiner Geschöpfe. Wir lernen die Hauptlinien der nordischen Götter, die Aesir und die Vanir, und den Krieg, den sie um die Herrschaft über die Welt führten, besser kennen. Wir werden auch in den wahren Mythos eintauchen, in die Erzählungen und Anekdoten, die den alten nordischen Völkern am Herzen lagen, bis hin zum Ende aller Dinge, wie wir sie kennen, der Ankunft des dunklen und furchterregenden Ragnarök.

Wir hoffen, dass dieses Buch als Ausgangspunkt und Leitfaden dient, um Ihnen diese faszinierende und magische Welt noch näherzubringen, deren Mythos sich im Nebel der Zeit zwischen Heidentum und Christentum verliert und die noch immer in den alten Ländern des Nordens schwebt.

Kapitel 1: Nordische Mythologie: Geschichte und Ursprünge

Unter nordischer Mythologie versteht man die Mythen, die Kultur und die Traditionen der sogenannten vorchristlichen Germanen, d. h. der Bewohner der skandinavischen Länder, einschließlich der späteren Besiedlung der Färöer und Islands.

Die ersten Hinweise auf die nordische, skandinavische oder nordische Mythologie stammen aus der Zeit der Wikingergesellschaft von 790 bis 1100 n. Chr.

Der Gott Odin war die Hauptgottheit, an die sich die germanischen Kulte wandten, aber viele andere bevölkerten ihre Religion. Dazu gehörten auch alte Geschichten über die kosmische Schöpfung und die zukünftige Zerstörung der Welt, wie wir sie kennen, am Ende der Zeit. Dieses Glaubenssystem bildete den Kern der Wikingerzivilisation, der später, nach der Eroberung des germanischen Raums, hinweggefegt und gewaltsam durch das Christentum ersetzt wurde.

Gerade wegen dieser abrupten Überwältigung und Ersetzung durch eine neue Religion auf intrinsischer und kultureller Ebene war es damals schwierig, die ursprünglichen Kulte und Traditionen der germanischen Völker mit absoluter Sicherheit nachzuvollziehen.

Viele der wiederkehrenden Teile, anhand derer wir uns ein allgemeines Bild der nordischen Mythologie machen können, stammen in erster Linie aus der Poesie.

Die Poesie wird gemeinhin in zwei Klassen unterteilt. Die erste ist die der poetischen Edda, einer mittelalterlichen Handschrift und Sammlung germanischer Texte und Mythen, die historisch wahrscheinlich um 1270 n. Chr. oder sogar vor dem Aufkommen des Christentums um das 10.

Andere Quellen, die auf die Zeit um 1200 zurückgehen, sind die Edda-Prosa oder auch die Edda von Snorri Sturluson, eine Sammlung von Wikingermythen, die allerdings bereits in der christlichen Phase des historischen Kontextes überarbeitet wurden und sehr nützlich sind, um die nordische Mythologie zu vertiefen und weitere Informationen zu gewinnen, die sicherlich ein umfassenderes Bild vermitteln.

Und dann die Scaldica-Dichtung, eine mündlich vorgetragene Poesie, die meist bei Hofe vorgetragen wurde, eine stattliche Poesie mit Alliterationen, kultiviert und für die Elite der damaligen Zeit, die der Wikingerzeit angehörte.

Diese Gedichtsammlung enthielt in den meisten Fällen keine vollständigen Erzählungen, und es bestand auch keine Dringlichkeit, darüber zu berichten, da bei der Lesung oder mündlichen Darlegung davon ausgegangen wurde, dass die Zuhörer den behandelten Mythos bereits kannten.

Schließlich haben die Wissenschaftler die Überreste der skandinavischen Legenden und Folklore genutzt, um die Spuren der nordischen Mythologie zu entdecken.

Wichtige Spuren, die das Bild vervollständigen, finden sich in der Schlacht von Finnsburg, deren Mythen den Erzählungen von Dehor ähneln, oder in mehreren Runensteinen: einige zeigen Sigurd, den Drachentöter, und Fenrir, der den Gott Odin verspeist; vor allem aber zeigt einer der Steine, die den Hunnestad in Schweden bilden, das berühmte Rennen der Riesin Hyrokkin beim Begräbnis von Baldr.

Konkrete Beweise, um diese faszinierende Mythologie besser zu verstehen und ihre im Nebel der Zeit verstreuten Ursprünge zurückzuverfolgen.

Der Kult der Götter und die Rolle der Religion bei den Wikingern.

Für die Wikinger war die Religion vor allem eine Lebenseinstellung und ein Mittel, um das Leben bestmöglich zu organisieren und zu lenken. Dies war ein Brauch, den sich jeder von ihnen zu eigen machte, oft auf individueller Basis, indem sie tägliche Praktiken und Rituale durchführten, um ihre Verehrung und ihren Respekt für eine oder mehrere Gottheiten zu bestätigen.

Jeder dieser Götter hatte Eigenschaften, ein einzigartiges Profil, das über den üblichen Brauch antiker Doktrinen hinausging, in denen die Göttlichkeit auf bestimmte Aspekte des täglichen Lebens wie die Natur oder die Fruchtbarkeit reduziert wurde.

Viele der nordischen Orte wurden direkt nach bestimmten Gottheiten benannt; auch in Uppsala in Schweden versammelten sich etwa alle neun Jahre Menschen am

Eingang eines majestätischen Tempels, über dessen Existenz nach der Entdeckung großer Hallen und Gebäude an der Stätte spekuliert wird, um den Göttern Odin, Thor und Frey Tiere oder sogar Menschen zu opfern. Diese Opfer dienten vor allem dazu, in katastrophalen Situationen wie Krieg, Krankheit und Hungersnot um wohlwollendes Eingreifen zu bitten, aber auch um Ehen zu besänftigen.

Nach der Eroberung verschmolzen die nordische Religion und Folklore mit dem Christentum. Christus selbst wurde zu einer neuen Gottheit. Der Prozess verlief schrittweise und führte vom Polytheismus zum Monotheismus, der sich auch in den lokalen Traditionen und Glaubensvorstellungen der damaligen Zeit entwickelte.

Aesir und Vanir: die wichtigsten göttlichen Abstammungslinien

Die wichtigsten göttlichen Geschlechter in der nordischen Mythologie waren in zwei große Klassen unterteilt, die Aesir und die Vanir. Obwohl sie in Asgard, der Heimat der Götter, residierten, war jeder von ihnen auf bestimmte Ideen und Handlungsfelder beschränkt. Während die Asen, die Könige des Himmels, sich dem Krieg, der Weisheit und der Stärke widmeten, waren die Vanen die Könige der Erde, der Lust, der Fruchtbarkeit und der Magie.

Die meisten Wikinger riefen die Asen an, damit sie ihnen den Weg wiesen und den Weg zum Erreichen von Aufgaben und Zielen erleuchteten. Bauern und Menschen, die in engem Kontakt mit Mutter Erde und den Fruchtbarkeitszyklen standen, zogen es jedoch vor, die Vanir zu verehren und ihnen zu folgen.

Einige Gelehrte sind der Meinung, dass diese beiden Arten von Gottheiten als Pantheon für die Wikinger geschaffen wurden, damit jede Person des Volkes den Gott wählen und ihm ihre Verehrung schenken konnte, der ihr Leben und ihre irdischen Angelegenheiten am besten lenken und sie in ihren dunkelsten Momenten trösten konnte.

Der Mythologie zufolge waren diese beiden großen Familien oft zerstritten und gerieten in Konflikt miteinander, gerade weil sie unterschiedliche Vorstellungen und Ideale von der Art des Regierens hatten. Dies führte im Laufe der Zeit zu einem folgenschweren Krieg: dem Zusammenstoß zwischen Asen und Vanen. Es gab keinen wirklichen Gewinner, und das reichte aus, um einen Friedenspakt zu schließen. Dennoch hat sich eine gewisse Vormachtstellung der Asen herausgebildet, auch wenn sich die Familien durch Eheschließungen und Inzest vermischten und schließlich zu einer großen Rasse zusammenwuchsen.

Kapitel 2: Das Geschlecht der Aesir

Das Geschlecht der Aesir lebte in Asgard. Asgard war die wichtigste der neun Welten der nordischen Mythologie. Er erhob sich bedeckt und von der Sonne bestrahlt auf dem höchsten Ast von Yggdrasil, dem "Pferd des Schrecklichen". (Odin). Dieser Baum galt als die Esche der Welt, eine Metapher für das kosmische Universum, in dem das Konzept von Gut und Böse in Form eines natürlichen Elements enthalten ist. Sie huldigte der Gottheit und der Legende eines Opfers, das zur Entdeckung einiger Runen durch den sogenannten "Schrecklichen" (Ygg) führte, eine Bezeichnung für die Götter. (Ygg), Odins Spitzname, und das Pferd symbolisiert eine Art Galgen, durch den sich der Gott für das Wissen opfert.

Etwa fünfundzwanzig Götter gehörten zum Geschlecht der Aesir. Krieg war ihr Schwerpunkt, daher waren sie stark und mächtig, angeführt von Odin.

Odin

Heutzutage erscheint die Figur des Odin fast imposant und wohlwollend, aber bei den nordischen Völkern galt der Gott bekanntlich oft als "der Schreckliche", "der Zornige", "der Herr der Ekstase"; gerade um seine Aura des Schreckens und des Wahnsinns zu unterstreichen; ebenso wie seine Natur, Krieg zu wollen und die Menschen zum Schaffen und Kämpfen zu treiben. Ein Anstifter von Schlachten und Tod.

In Wirklichkeit kam Odin in der Schlacht nicht mit einfachen Soldaten und gewöhnlichen Menschen in Berührung. Er wandte sich nur an den großen Krieger, der die Macht innehatte. Eines der wenigen Geschlechter, die sich der Privilegien und der Verbindung mit Odin erfreuen konnten, war eine Familie großer und tapferer Krieger, die Volsung.

Es gab aber auch andere, die die für den Gott symbolischen Leittiere wie den Bären und den Wolf benutzten, von ihnen Kampftechniken übernahmen und so eine Verbindung zu ihrem Vater Odin suchten. Dies waren die Schamanen oder Berserker.

Es gibt viele nordische Könige, die Odin zu ihrem obersten Führer gemacht haben. In einer Gesellschaft, die sich in die Herrschenden und die an der Spitze Stehenden, die Krieger und schließlich all jene, die sich mit anderen Subsistenztätigkeiten wie dem Ackerbau beschäftigten, aufteilte, wurde die Figur des Odin stets für die ersten Klassen gewählt und ausgewählt. Die Anführer, die Oberhäupter des Geschlechts, die von ihm Führung, Stärke und Gerissenheit erwarteten.

Aber auch die Geächteten, die aus dem Stamm verbannten Männer, suchten bei Gott Odin Ermutigung und Schutz, gerade weil sie den Charakter des Gottes widerspiegelten, der die Gesetze nicht befolgte und sich nicht scheute, sie zu brechen. Es gab keine Grenzen, und wenn doch, dann war es richtig, sie zu überschreiten.

In Dänemark wird erzählt, wie Asgard Odin für zehn lange Jahre verbannte, um den Ruf und die Tapferkeit der Asen wiederherzustellen, die durch die ungestümen Handlungen des Gottes zu oft in den Schmutz gezogen worden waren. Er wollte um jeden Preis weiter kommen, die Weisheit und die magischen Künste kennenlernen und Macht erlangen. Er scheute nicht davor zurück, die für Asgard heiligen Regeln und Bräuche zu brechen, um sie zu erlangen, insbesondere durch Magie. Es wird gesagt, dass der Gott auch in poetischer Form sprach. Das war, nachdem er von den Riesen den Met der Poesie genommen hatte, der ihn befähigte, wie ein großer Dichter zu schreiben und zu sprechen. Auch dieses Geschenk wurde nur denjenigen gemacht, die es verdient hatten, und sie kamen in den Genuss des magischen Getränks.

Odin selbst wird nicht nur zu den Asen, sondern auch zu den Vaniren gezählt, denn seine Mutter war eine Frostriesenfrau, eine der ersten, und er selbst war ein halber Riese. Daher war eine immer wiederkehrende Bezeichnung "Vater von allem".

Wir alle erinnern uns daran, wie der Gott mit nur einem Auge dargestellt wurde. Denn er hatte ihn mit einem Speer herausgerissen und dem Hüter von Mímisbrunnr geopfert, der ihm die klare Sicht durch einen Schluck schenkte, ein tapferes und extremes Opfer, um die Weisheit, die höchste Vision, die Erkenntnis der Dinge zu erlangen, damit er sein Volk noch besser führen konnte.

Aber das ist nicht sein einziges Opfer: Er wurde neun lange Tage lang ohne Essen und Trinken an einem Ast der Yggdrasil aufgehängt, um neue Erkenntnisse zu gewinnen. Am Ende seines großen Opfers gelang es ihm, die Runen zu entziffern, die neue Gesetze für das nordische Volk enthielten.

Odin wurden oft Menschenopfer dargebracht. Das Opfer wurde in der Regel mit einer Schlinge um den Hals oder mit einem Speer dargebracht, um der Taten und Opfer zu gedenken, die der Gott selbst für die Menschen gebracht hatte.

Nicht zu vergessen ist auch die Beziehung zwischen Odin und den Toten. Er herrscht über Walhalla, wo der Zugang zu den Toten nur nach glorreichen und verdienstvollen Taten, im Krieg und nach einer großen und tapferen Leistung gestattet ist. Zusammen mit den Walküren, Frauen in Odins Dienst, die die Toten begleiten, holte der Gott die Tapferen ab und führte sie in die majestätische jenseitige Halle, in der er herrschte. Der Rest der Kämpfer wurde der Göttin Freya überlassen, die aus dem Geschlecht der Vanir stammte.

Thor

Thor war in der nordischen Mythologie der Gott des Donners und des Blitzes und war in der skandinavischen Gesellschaft populärer als in der Gesellschaft der Wikinger in der Spätzeit. Sein Kult wurde jedoch von den Anfängen der

Religion bis zur Übernahme des Christentums von der Bevölkerung ausgiebig und ununterbrochen gefeiert.

Loyalität, Ehre, Stärke - das waren die wichtigsten Gebote, die mit der Figur des Thor verbunden waren, alles Aspekte, die jeder Kämpfer und Krieger anstrebte. Auf den Darstellungen ist der Gott oft darauf bedacht, Asgard gegen Feinde und Riesen zu verteidigen, die es auf die wichtigste aller Welten abgesehen hatten, und er ist dank seiner imposanten Donnerkraft der Beschützer der Asen.

Als Sohn von Odin und der Riesin Jörð (Erde) nahm er sich Sif, die Göttin der Ernte und des Getreides, sowie einen starken Kämpfer mit goldenem Haar, wie alle Asgardianer. Gemeinsam werden sie viele Schlachten und unzählige Ereignisse erleben.

Er wird oft auf einem magischen Wagen dargestellt, der von Ziegen gezogen wird (Tooth-Grinder und Tooth-Gnasher). Wenn der Gott hungrig war, wurden die Ziegen gebraten und gegessen, aber dank der Berührung seiner Waffe, des mächtigen Hammers, wurden sie wieder lebendig.

Seine ikonische Waffe war ein imposanter Hammer, aus dem Blitz und Donner sprangen, der berüchtigte Mjolnir, Thors Hauptsymbol. Sobald er auf einen Feind geschleudert wurde, kehrt er auf magische Weise zu seinem Besitzer zurück. Er wurde in einen speziellen Gürtel, den Megingjord, gesteckt, der seine Kraft verstärkte, und wurde mit Eisenhandschuhen geführt, mit denen er angehoben werden konnte.

Dies war sein wichtigstes Kriegsgerät, mit dem er seine größte Aufgabe, das Töten von Giganten, erfüllen konnte. Zahlreiche Mythen und Legenden erzählen von seinen körperlichen Fähigkeiten und seinen kämpferischen Qualitäten. So zum Beispiel der Kampf gegen die von seinem Halbbruder Loki erschaffenen Ungeheuer, die auf das Land der Menschen geschleudert wurden, darunter die mächtige Schlange Midgard, die den Gott in einem emblematischen Kampf mit ihrem tödlichen Gift tötete, und die Übernahme der Dynastie durch seine Söhne Magni und Modi, die die Kontrolle über Mjölnir (den Brecher), den Hammer seines Vaters Thor, erlangten.

Trotz der defensiven Rolle als Beschützer des Wohnsitzes der Götter war er auch mit dem Thema Ernte, Landwirtschaft und Fruchtbarkeit verbunden. Sturm, Donner und Blitz standen unter seinem Kommando und ermöglichten es, den Regen auf die ausgedörrten Felder zu lenken, um die Ernte zu begünstigen.

Dem Gott wurde oft dafür gedankt, dass er die Welt aus dem Chaos, in dem sie sich befand, gerettet hatte. Sein Kult setzte sich im Laufe der Jahre fort und zählte eine große Zahl von Priestern, die ihn zunächst auch mit Christus identifizierten, als die christliche Religion aufkam. Dies wurde vor allem durch die Entdeckung einiger Andachtsgedichte zu seinen Ehren bekannt. In Deutschland stand die von den nordischen Völkern geliebte Thoreiche, ein dem Gott geweihter Baum und heiliger Ort, einer der wichtigsten in der nordischen Mythologie, der im Jahr 723 grausam gefällt wurde, um die Überlegenheit des christlichen Gottes gegenüber den Heiden zu bekräftigen.

Loki

Loki ist der Gott des Unfugs, der Täuschung, des Jux und der Lüge. Er wird in vielen Erzählungen der nordischen Mythologie erwähnt, aber es ist merkwürdig, dass seine Gestalt nicht in den germanischen Ländern weiter nördlich vorkommt. Es wird daher angenommen, dass es sich um eine regionale Gottheit handelt, die auf diese Gebiete beschränkt ist, da keine Spuren eines spezifischen Kultes gefunden wurden, geschweige denn in der allgemeinen nordischen Mythologie.

Eine seiner wiederkehrenden Aktivitäten war die Erschaffung schrecklicher Monster, die Asgard und seine Bewohner angreifen sollten. Er lebte, wenn man so will, am Rande der Gesellschaft und konzentrierte sein Leben auf Verrat, Spiel und Selbsterhaltung. Er war der Sohn von Riesen: Farbauti, sein Vater, und seine Mutter Laufey, die oft eher als Göttin denn als Riesin dargestellt wird, wobei ihre Herkunft umstritten ist.

Loki hatte keinen guten Ruf, man konnte ihm nicht trauen, er war wankelmütig und unbeständig, und selbst wenn er dem Pantheon der Götter zu helfen schien, dauerte es nur einen Augenblick, bis der Gott ihm in den Rücken fiel. Doch trotz Lokis gelegentlicher Hilfe für Asgard wurde ihm nie verziehen, dass er Baldur erschaffen hatte, der später das sogenannte Ragnarök, die letzte apokalyptische Schlacht zwischen den Mächten des Guten und des Bösen, auslösen sollte.

Frigg

Die Göttin Frigg war die Braut von Odin, auch "Dame des Himmels und der Götter" genannt, Mutter von Baldur, weise Göttin, Beschützerin der Ehe und der Mutterschaft, und gehörte zum höchsten Rang des Geschlechts der Aesir. Trotz dieses Rufs wird Frigg nie als Einzelperson erwähnt, sondern ist in irgendeiner Weise mit dem Namen Freya verbunden, einer anderen nordischen Göttin der Liebe, Schönheit und Fruchtbarkeit, die sowohl der Äsir- als auch der Vanir-Kaste angehört.

Die beiden Göttinnen haben viele mythologische Gemeinsamkeiten, man könnte sogar sagen, sie sind identisch, wären da nicht die beiden unterschiedlichen Namen. Ein weiteres Merkmal, das die Gelehrten als Maßstab für den Vergleich und die Unterscheidung zwischen den beiden Frauen heranziehen, scheint der Grad der Promiskuität zu sein. Die Überlieferung sieht die beiden Frauen als fast identisch an, aber es heißt, dass Freya mehr Begegnungen im Bett außerhalb der Ehe hatte und mehr als Frigg mit dem verführerischen Aspekt der Liebe verbunden war. Interessant an beiden ist schließlich die Herkunft des Namens, der "Freitag" zu bedeuten scheint, ein nordisches Wort, das seine Wurzeln in "Frija" hat, einer Göttin, die sowohl Freya als auch Frigg in der Geburt vorausging, und somit den Tag beiden zuordnet.

Die Göttin Frigg war in der Lage, die Zeit zu ändern, Ereignisse zu verändern und die Zukunft zu beeinflussen. Dies geschah durch seidr, die mächtige nordische Magie der Veränderung. Wie alle Götter wurde die Göttin entweder verehrt oder verachtet, je nach Zeit und ihren Taten.

Baldur

Sohn von Odin und Frigg, von allen geliebt, gut aussehend, groß, fröhlich, zum Kämpfen geboren. Ein Mitglied der Familie der Aesir. Seine Mutter liebte ihn so sehr, dass sie, vom Tag seines Todes träumend, die ganze Welt bereiste, ein Land nach dem anderen besuchte, eine Höhle nach der anderen, und jeden schwören ließ, ihrem Lieblingssohn nichts anzutun.

Baldur hatte viele Halbbrüder, darunter auch Thor selbst, und war mit der Göttin Nanna (göttliche Mondsichel, die mit den Zyklen des Mondes verbunden ist) verheiratet, mit der er einen Sohn hatte, Forseti, den Gott des Friedens und der Gerechtigkeit.

Baldur wird oft mit seinem mächtigen und prächtigen Schiff in Verbindung gebracht, auf dem er nach seinem Tod ins Tal geschickt und auf einem Scheiterhaufen verbrannt wurde; zusammen mit seinem geliebten Pferd Leffteti, das als Opfer diente.

Der Mythos stellt ihn vor allem als einen vom Volk geliebten und gefeierten Gott dar, als eine große und liebenswerte Persönlichkeit, obwohl er außerhalb seiner Todeserzählung nur selten erwähnt wird.

Heimdall

Dem Gott Heimdall wurde ein außergewöhnliches Seh- und Hörvermögen nachgesagt, was ihn zu einem aufmerksamen Wächter und Beschützer der Menschen in den neun Welten machte, d. h. aller, die kamen und gingen.

Außerdem war er der Beschützer der Menschen von Midgard, der fast wie ein Vater angesehen wurde, intelligent und ein Garant für Weisheit.

In der wunderschönen Prosa der Edda wird erzählt, dass Heimdall nur sehr wenig Schlaf brauchte, immer auf der Hut war, in völliger Dunkelheit sehen konnte und in der Lage war, den Feind auch auf sehr weite Entfernungen zu erkennen; sein Gehör war äußerst fein und verstärkt, sodass er sogar das Wachstum des Grases wahrnehmen konnte.

Der Gott wurde oft mit vielen Elementen wie Gold, dem Meer und mit einigen Tieren assoziiert: dem Hahn und dem Widder. Die Elemente stammen wiederum von seinen neun Müttern, den Riesinnen Imth, Eyrgjafa, Angeyja, Eistla, Jarnsaxa, Ulfrun, Greip, Atla und Gjolp. Wahrscheinlich ein Konzept der neun Mütter, die ihn an seine Rolle als Hüter der neun Welten erinnern wollten. Er heiratete nie, aber es heißt, dass er sich auf die Menschen konzentrierte, und zwar auf diejenigen, die namenlos blieben, um sich fortzupflanzen, und die wiederum die Stammväter von drei verschiedenen menschlichen Klassen waren.

Heimdalls Markenzeichen war sein geliebtes Gjallarhorn mit dem mächtigsten Klang aller neun Welten, das er der

Legende nach spielte, als er die Ankunft des Ragnarök spürte und alle Götter zur letzten Schlacht versammelte.

Tyr

Als Gott des Krieges kämpfte er stets für Ordnung und Gerechtigkeit. Der Gott war nicht nur ein geschickter Krieger, sondern verfügte auch über enorme Weisheit, die er im Kampf weise einsetzte. Sein rechter Arm wurde bei der Gefangennahme von Fenrir, dem Wolfssohn von Loki, verstümmelt, der, bevor er mit einem magischen Lasso gefesselt wurde, die Hand eines Gottes in seinem Maul als Garantie für seine Befreiung verlangte. Aber das geschah nicht, und der Wolf fühlte sich verhöhnt und biss in den Arm des tapferen Kriegsgottes, der als einziger seine Hand in das Maul des Tieres steckte.

Es gibt zwei mögliche Väter des Gottes: Odin, der Schöpfer vieler nordischer Götter, oder Hymir, ein in der Edda erwähnter Riese, wobei die erste Hypothese wahrscheinlicher ist. Wer seine Mutter war, ist jedoch ein Rätsel; ein kleiner Auszug aus der poetischen Edda besagt nur, dass seine Großmutter neunhundert Köpfe besaß. Man nimmt an, dass sich der Name Tyr vom zweiten Tag der Woche, dem Dienstag, ableitet und die Gottheit mit Mars, dem römischen Kriegsgott, in Verbindung bringt.

Idun

Weibliche Göttin, Besitzerin der Früchte der Unsterblichkeit, die vor allem durch die sogenannte

"Entführung der Idun" bekannt wurde. Dank ihrer Früchte spielte sie eine große Rolle im Palast der Götter, denn sie schenkte jedem, der sich in der natürlichen Phase des Alterns befand, ewige Jugend und Schönheit. Sie war die Frau von Bragi, dem Minnesänger und Hofdichter von Asgard.

In einem Ausschnitt beschuldigt der Gott Loki die Göttin, mit dem Mörder ihres Bruders geschlafen zu haben, obwohl nicht angegeben oder erwähnt wird, wer Iduns Bruder war. Im Allgemeinen gibt es nur wenige Hinweise auf Idun, das vor allem für die berüchtigte Frucht der Unsterblichkeit bekannt ist, die für einen Apfel gehalten wurde.

Bragi

Neben seinen unbestrittenen künstlerischen Fähigkeiten ist er ein Dichter mit einem langen, buschigen Bart und einer mit Runen verzierten Zunge. Die Auszüge über ihn drehen sich hauptsächlich um diese Fähigkeit und zwei wichtige Ereignisse: das Geschenk der Einherjar, Kriegergeister, die tapfer starben und in Walhalla aufgenommen wurden, und die Aufnahme der anderen Kämpfer, die neben ihnen starben. Einige Gelehrte spekulieren, dass Bragi nicht als Gott geboren wurde, sondern in Wirklichkeit das Produkt einer Eskapade war, ein Mischling namens Bragi Boddason, der dank seiner erhabenen Poesie nach seinem Tod von Odin einen Ehrenplatz als Dichter und Geschichtenerzähler in Walhalla erhielt.

Andere Interpretationen sehen ihn als Gott der Musik und der Kunst, verheiratet mit Idun, und als legitimen Sohn von Odin.

Vili und Ve

Verbunden mit der Erschaffung des Kosmos und aller Dinge, Brüder des Gottes Odin. Über diese beiden Gottheiten ist wenig bekannt. Es wird angenommen, dass sie mit der schönen Frigg, Odins Frau, schliefen, als ihr Mann aus Asgard verbannt wurde. Als Brüder einer Hauptgottheit wurden sie wenig verehrt, und tatsächlich ist über ihren Kult sowohl in der Wikinger- als auch in der Germanenzeit wenig bekannt, sodass sie eine marginale und untergeordnete Rolle spielen.

Forseti

Er war der Sohn von Nanna und Baldur, einem göttlichen Richter, und wohnte in Glitnir, einem Hof aus Gold und Silber, wo er wichtige Angelegenheiten regelte. Gott der Gerechtigkeit, über seine Rolle als gerechter und weiser Friedensstifter hinaus ist nur sehr wenig über seine Ereignisse bekannt. Obwohl er zu den zwölf Hauptgöttern Asgards gehört, wird er in den überlieferten Sagen und Mythen nie erwähnt.

Gefjun

Das meiste, was wir über die Göttin Gefjun wissen, stammt von Snorri Sturluson und seinem Historiker aus dem 13. Jahrhundert.

Göttin des Überflusses und der Fruchtbarkeit. Es gibt auffallende Ähnlichkeiten zwischen Gefjun und der Göttin Freya, der Herrin der Ernte und des Reichtums, und den Opfern, die Loki beschuldigt, sich Geschenke und Schmuck im Austausch für sexuelle Handlungen anzueignen. Es ist daher denkbar, dass es sich bei beiden um ein und dieselbe Gottheit handelte, wie die Rekonstruktion der Historiker zeigt, obwohl sie im nordischen Kult in zwei Namen und zwei Wesenheiten getrennt wurden.

Es wird erzählt, dass Gefjun vor Gylfi, dem König von Schweden, in der Verkleidung eines bescheidenen und schäbigen Bettlers erschien. Er bat den König um Land als Geschenk. Der König sagte ihr scherzhaft, dass jedes Stück Land, das sie in einem einzigen Tag und einer einzigen Nacht pflügen könne, ihm gehören würde.

Die Göttin machte sich sofort an die Arbeit und ließ ihre vier Söhne bzw. vier Ochsen arbeiten, die so hart und tief pflügten, dass eine richtige Insel entstand, nämlich Seeland, das zu Dänemark gehört.

Sif

Sif war Thors Braut, hatte aber bereits einen Sohn namens Ullr. Über Sif ist nur wenig bekannt, die Informationen drehen sich alle um ihr wunderschönes goldenes Haar, das auch bei der Erschaffung von Thors berüchtigtem Hammer verwendet und in einem grausamen Scherz, von dem wir später erzählen werden, von dem Gott Loki abgeschnitten wurde. Das goldene Haar könnte vielleicht eine Assoziation mit dem blonden Korn der Ernte zur Erntezeit sein und somit eine Göttin, die auch mit der Sphäre der Landwirtschaft, des Überflusses und der Fruchtbarkeit verbunden ist.

Wahrscheinlich mit der römischen Göttin Ceres verbunden. Ausgestattet mit magischen Kräften und großem Mut, waren ihre Leistungen im Kampf unbestritten. Es heißt, dass sie keine blutrünstige, sondern eine tapfere Göttin war, die oft als Walküre ritt, um tapfere Krieger in die Ewigkeit von Walhalla zu bringen. Loyalität, Mut, Ehre.

Kleinere Gottheiten des Äsir-Geschlechts

Im Stamm der Asen gab es noch andere Gottheiten, die oft von geringerer Bedeutung und Berühmtheit waren, darunter auch Riesen. Sie werden in den Erzählungen oft nicht erwähnt, sind aber erwähnenswert, um sich ein weiteres Bild von dieser edlen Rasse zu machen.

Fjorgynn und Fjorgyn

Es sind zwei Giganten, männlich und weiblich, die relativ wenig Erwähnung finden. Von Fjorgynn, dem Riesen, gibt es kurze Spuren in der poetischen Edda, in der die Göttin Frigg als "Fyorginns Geliebte" erwähnt wird.

Fyorgin, die Riesin, soll die Mutter des Gottes Thor gewesen sein, obwohl andere historische Meinungen glauben, dass sie Jord war. Wahrscheinlich handelt es sich in Wirklichkeit um ein und dieselbe Person.

Jord

Wahrscheinlich Thors Mutter, oder vielmehr einer der Namen, mit denen sie bezeichnet wurde. Alle diese Namen beziehen sich auf die Erde als Element, sodass es möglich ist, dass sie sich auf dieselbe Riesin bezogen.

Ullr

Sohn der Göttin Sif und Stiefsohn von Thor. Leider wird er in den nordischen Schriften nur selten erwähnt, obwohl er in der Mythologie eine geliebte und sehr bedeutende Figur ist. Sein Name bezieht sich auf die Begriffe "Pracht" und "Herrlichkeit". Sein Kult geht auf die Zeit vor den Wikingern zurück und ist einer der ältesten, auch wenn nur wenig über ihn bekannt ist. Die wenigen Quellen erwähnen ihn als "Gott des Bogens", "Gott des Skifahrers", irgendwie verbunden mit Wäldern, Schnee und dem Winterthema.

Sol und Mani

Sonne und Mond, übersetzt in unsere Sprache, und sie bezeichnen in der Tat die Gottheiten dieser beiden himmlischen Elemente. Die beiden waren Bruder und Schwester, Sol (Sonne) war das weibliche Wesen, Mani (Mond) das männliche.

Sie reiten auf einem Pferdewagen durch den Himmel, lassen die Sonne oder den Mond aufgehen und vervollständigen so den täglichen Zyklus, indem sie das Konzept von Tag und Nacht und deren Wechsel bewahren, ebenso wie die Einteilung in verschiedene Jahreszeiten und die Mondphasen. Die beiden Gottheiten müssen mit ihrem Streitwagen schnell fahren und Skoll und Hati, den beiden nordischen Wölfen, entkommen, die sie schließlich in Ragnarök einholen werden.

Vidar

Einer der wenigen Überlebenden von Ragnarök. Abgesehen von dieser Kontextualisierung ist wenig über ihn und seine Persönlichkeit bekannt. Er wurde der "schweigende Gott" genannt, obwohl es keine umfassenden Antworten auf die Frage gibt, warum.

Als Sohn von Odin wollte er sich an Fenrir, dem Wolf, rächen, nachdem er seinen Vater getötet hatte. Er hatte magische Schuhe, stark und mächtig, mit denen er das Maul der Bestie mit einem Tritt öffnen konnte, um sie dann zu durchbohren und zu töten.

Sigin

Sigin war eine Göttin, Frau des Gottes Loki, mit dem sie einen Sohn Nari (oder Narfi) hatte. Sie wird in dem Mythos erwähnt, in dem Loki für seine Beteiligung an Baldurs tödlicher Falle bestraft wurde. Die Götter verwandelten einen der anderen Söhne des Herrn der Täuschung in einen Wolf, damit er Nari tötet, den Sohn, den er mit Sigin hatte. Der Plan funktionierte und die Rache wurde ausgeführt. Die Eingeweide von Nari wurden genommen, um seinen Vater Loki zu binden, und auf seinem Kopf hing eine Schlange, die ihr Gift trank. Sigin versuchte, die tödliche Flüssigkeit mit einer Schale aufzufangen, damit sein Gefährte keine Schmerzen verspürte. Als die Göttin jedoch anhielt, um die Schale zu leeren, versetzte der Schmerz des auf den Gott fallenden Giftes und die Qualen, die er empfand, die Erde in Aufruhr und löste Erdbeben aus.

Hodr

Hodr war ein blinder, naiver und leichtgläubiger Gott, der vor allem mit einer Sage in Verbindung gebracht wird. Als Loki ihn dazu brachte, den Mistelzweig zu benutzen, um Baldur für immer zu töten. In einer anderen Version wetteiferten die Götter Baldur und Hodr um die Hand von Nanna, da beide fähige und tugendhafte Führer waren. Baldur war jedoch mehr. Hodr, der wusste, dass er keine Chance hatte, Nanna zu heiraten, musste sich etwas einfallen lassen. Deshalb reiste er in die Unterwelt hinab, die ihm einen besonderen Speer gab. Dieser war magisch und mit einer Substanz durchtränkt, die seinen Liebesrivalen zu Tode stechen würde. Der Speer erfüllte tatsächlich die Aufgabe, für die er geschaffen worden war, und Baldur starb kurz darauf an seinen Wunden.

Hoenir

Die Gottheit wird in Voluspa, einem Gedicht aus der Poetischen Edda, erwähnt. Er soll "lange, flinke und schnelle Beine" haben, "ängstlich sein und zur Flucht neigen" und ein Reisegefährte der Götter Loki und Odin gewesen sein. Es wird erzählt, dass er sich zusammen mit Mimir als Geisel anbot, um einen Waffenstillstand mit dem Volk der Vanir zu schließen. Er erwies sich jedoch als ungeeignet für die Rolle des Versöhners und überließ die wichtigen Entscheidungen seinem Begleiter, der scharfsinnig und sicher war.

Vali

Ein weiterer der wenigen Überlebenden von Ragnarök. Er soll nur einen Tag gelebt haben, der ausreichte, um den Gott

Baldur nach seiner Ermordung durch Hodr zu rächen, was darauf hindeuten könnte, dass er nur für diese Rache erschaffen wurde.

Kapitel 3: Das Geschlecht der Vanir

Vanir ist das Göttergeschlecht, das am meisten mit den Themen Fruchtbarkeit und Überfluss, Magie und Verführung und weniger mit Krieg in Verbindung gebracht wird. Es hat weniger Gottheiten als der Stamm der Aesir.

Ein weiteres Hauptgeschlecht in der nordischen Mythologie. Obwohl sie in Asgard lebten, kamen sie aufgrund ihrer unterschiedlichen Prioritäten und Sichtweisen nicht immer gut mit den Asen zurecht, was oft zu Konflikten führte. Bevor sie sich jedoch in Asgard niederließen, lebten sie in Vanaheim, einer der Neun Welten. Die Hauptgöttin des Stammes ist, auch nach den Erkenntnissen, sicherlich die schöne Freya.

Freya

Freya ist die schöne Göttin der Fruchtbarkeit, eine der berühmtesten Götter der Vanir, die ein Auge für Schönheit und materiellen Besitz hatte. Sie war eine lebensfrohe, lebenslustige Göttin, die Partys und Empfänge liebte.

Tochter von Njord, einem anderen Fruchtbarkeitsgott, ihre Mutter ist unbekannt, es wird angenommen, dass sie Nerthus hieß. Sie hatte auch einen Bruder, ebenfalls ein Gott des Überflusses, Freyr.

Es wird angenommen, dass Freya und Frigg sich gegenseitig ergänzten, dass die eine die andere widerspiegelte, obwohl sie unterschiedlichen Blutlinien angehörten. Ein Beweis dafür ist Freyas Heirat mit dem Gott

Odr, der Odin in vielerlei Hinsicht ähnelt, ebenso wie in ihren individuellen Eigenschaften. Es wurde oft gesagt, dass die Norweger mehr als eine Gottheit für denselben Aspekt des Lebens hatten, damit sie mehr Kraft und Erhörung für ihre Bitten bekamen. Dies wird derzeit noch untersucht.

Sie hatten zwei Töchter, Gersemi und Hnoss, was in beiden Übersetzungen "Liebling" bedeutet.

Loki hat ihr immer vorgeworfen, dass sie unzüchtig sei, und sie beschuldigt, mit jedem zu schlafen, auch mit ihrem Bruder, jedem Gott und jeder Elfe, die sie kennt. Wahnsinnige sexuelle Handlungen werden mit der Göttin in Verbindung gebracht und zeigen weitere wichtige Facetten dieser faszinierenden königlichen Figur.

Sie wird auf einem Wagen dargestellt, der von zwei Katzen (oder zwei Luchsen) gezogen wird, und wird daher mit diesem Haustier assoziiert; die gute Behandlung einer Katze war eine Geste der Verehrung für die Göttin. Unter den schönen Materialien, die sie so sehr schätzte, war eines ihr Lieblingsschatz: Brisingamen, eine prächtige und magische Halskette, die vom Zwergenvolk geschaffen wurde. Es wurde eifersüchtig bewacht, so sehr fürchtete die Göttin, es zu verlieren oder gestohlen zu werden. Ein weiteres Tier, das Freya oft begleitete, war eine Art Schwein, ein Vertrauter, Hildisvini, der die Göttin oft in zahlreichen Schlachten begleitete.

Sie war eine Volva, wie Frigg, und praktizierte die magischen Künste: die Magie von Seidr. Es heißt, dass sie sich mithilfe von Falkenfedern in einen Raubvogel verwandelte.

Sie war eine Gestaltwandlerin. Sie beherrschte mächtige Magie, war die Erste, die sie praktizierte, und brachte sie als Geschenk und Dienst an die Götter Asgards. Sie kontrollierte die Gesundheit, das Geld, das Verlangen und die Fülle von allem, was sie umgab, von Dingen und Menschen. Sie war eine sehr mächtige Göttin, die alles und jeden kannte und in der Lage war, Aspekte des Lebens der Menschen zu kontrollieren.

Ihre Magie bewirkte Veränderungen in der Gegenwart, sodass sich die Zukunft veränderte. In einer Schlacht, die in einem norwegischen Gedicht beschrieben wird, wird erzählt, wie sie die Hälfte der tapferen Krieger, die gestorben sind, einsammelte und sie in seine Heimat Folkyang im Jenseits brachte, während sie die andere Hälfte dem Gott Odin überließ.

Folkyang ist ihr Reich, sie ist die Königin, weniger bekannt als Walhalla, da es in weniger Funden erwähnt wird.

Nach dem Krieg zwischen den Asen und den Vanen schickte jedes Haus Geiseln an das gegnerische Haus, um den Frieden zu sichern. Freya wurde daher zu den Asen geschickt und wurde ein angesehenes Mitglied des Stammes, das den Frieden zwischen den beiden Familien sicherte.

Freyr

Nordischer Gott der Fruchtbarkeit und Männlichkeit, der von den Völkern im Laufe der nordischen Religion geliebt wurde, ohne dass er von seinen Anhängern gehasst oder verachtet wurde, Gott des Friedens und des Überflusses. Er war der Bruder der Göttin Freya und der Sohn von Njord und wurde gewöhnlich mit einem großen Phallus dargestellt, um an die Kraft und Fruchtbarkeit des Mannes zu erinnern. Er wurde von Jungvermählten bei Hochzeiten und von Bauern während der Erntezeit verehrt, damit sein Wohlstand Gutes bringe. Er hatte viele Beziehungen, mit Göttinnen und Riesinnen, schlief und vergnügte sich mit verschiedenen Personen, anstatt bei einer bestimmten zu bleiben, einschließlich seiner Schwester, was offenbar ein wiederkehrender Brauch des Vanir-Stammes war, der auch Inzest beinhaltete.

Er reiste auf einem von Wildschweinen gezogenen Karren über die Erde und lebte in Alfheim, dem Reich der Elfen, anstatt in Vanaheim, mit dem Rest des Stammes.

Der Gott besaß ein von Zwergen gebautes magisches Schiff, Skidbladnir, und wurde in Schweden verehrt. Das Schiff war verzaubert, und zusätzlich zu seiner ungewöhnlichen Geschwindigkeit konnte es bei Bedarf geschrumpft und in eine Tasche gesteckt werden. Gullinbursti war auch ein von Frey geliebter Gegenstand, der ebenfalls von den Zwergen geschaffen wurde und aus einem mechanischen Eber mit magischen goldenen Borsten und einer Mähne bestand. Diese leuchteten in der Dunkelheit und ermöglichten es ihm, in die dunkelsten Ecken vorzudringen, und das Tier, das sogar besser als ein Pferd war, konnte mit entwaffnender Geschwindigkeit durch Luft und Wasser schneiden und in kürzester Zeit überall hin flitzen. Ein weiterer Gegenstand, der in Freyr's Beschreibung immer wieder auftaucht, ist ein Schwert, das ebenfalls magische

Kräfte besitzt und in der Lage ist, die Initiative zu ergreifen und sich im Kampf auf den Feind zu stürzen. Das Schwert ging später in Ragnarök für immer verloren, nachdem der Gott daran zu Tode gekommen war.

Es wird vermutet, dass er auch der Anführer der Elfen gewesen sein könnte, aber das geht aus den Schriften nicht hervor und bleibt eine Vermutung. Wie seine Schwester wurde auch Freyr nach dem Krieg zwischen den Stämmen zu den Aesir geschickt und wurde ebenfalls als Geisel Ehrenmitglied.

Nerthus

Nerthus war eine Göttin, die bei bestimmten germanischen Stämmen sehr beliebt war, in der allgemeinen nordischen Szene jedoch weit weniger. Es wird angenommen, dass sie die Mutter von Freya und Freyr und die Schwester von Njord war.

Nach allem, was wir wissen, wurde sie mit Mutter Erde in Verbindung gebracht. Die Göttin war sehr freundlich und ging auf einem von Kühen gezogenen Wagen zwischen den Menschen umher, half ihnen und unterstützte sie bei ihren Anliegen. Die Dörfer, in denen die Göttin Einzug hielt, verehrten sie und dankten ihr als Symbol der Fruchtbarkeit und des Wohlwollens. Wo sie vorbeikam, gab es für die Menschen weder Krieg noch Traurigkeit. Doch als die Zeit gekommen war, musste alles, was der Göttin gehörte, einschließlich des Wagens und der Göttin, in einem See mithilfe einiger Sklaven gereinigt werden, die am Ende des Rituals im Wasser ertränkt wurden.

Odr

Odr bedeutet Inspiration, Wahnsinn, Ekstase, Wut, genau wie Odin, man glaubt sogar, dass es sich um dieselbe Person handelt. Er hatte zwei Töchter, Hnoss und Gersemi. Als Ehemann der Göttin Freya ist nicht viel über ihn bekannt. Er spielte oft eine inaktive Rolle und ging, wann und wohin er wollte. Freya selbst weinte goldene Tränen, weil er eines Tages verschwand und nicht mehr zurückkehrte, niemand wusste, wohin er gegangen war, und die Göttin suchte vergeblich in der ganzen Welt nach ihm.

Gullveig

Gullveig war eine Göttin, die am häufigsten im Kampf zwischen Asen und Vanen erwähnt wurde. Sie besaß seidr, nordische Magie. Feuer tat ihr nichts. Es wird erzählt, wie oft sie von Flammen verbrannt wurde, aber Gullveig wurde jedes Mal aus dem Feuer wiedergeboren. Ihre Magie war so mächtig, dass man sie eine böse Frau nannte, weil man glaubte, dass zu viel Praxis in den magischen Künsten den Menschen dazu bringt, sich von der Gesellschaft zu lösen, indem er in Macht und Einsamkeit lebt. Über ihre Herkunft ist nicht viel bekannt, es wird auch vermutet, dass sie dieselbe Freya war, die ebenfalls mit magischen Kräften ausgestattet war, allerdings unter einem anderen Namen.

Kapitel 4: Ungeheuer und Kreaturen der nordischen Mythen

In der Mythologie gibt es viele verschiedene Figuren und Kreaturen, Wesen oder Bestien, viele von ihnen monströs, Riesen und Riesinnen, Zwerge, Elfen, Wölfe und Schlangen. Sie werden den Frieden behindern und die Götter selbst angreifen; sie werden ihnen helfen oder Partei ergreifen, um das universelle Gleichgewicht zu erhalten.

Die Walküren

Die Walküren sind, wie ihr Name schon sagt, "diejenigen, die die Gefallenen in der Schlacht auswählen". Dies war in der Tat ihre Hauptaufgabe. In der nordischen Mythologie sind sie als weibliche Wesen bekannt, die dem Gott Odin helfen, die Tapferen nach Walhalla zu bringen. Man nimmt an, dass sie auch zu Odins Schild gehört haben. Sie werden in der Regel als Projektionen des Gottes gesehen, sie hatten Geist und Körper, konnten aber auf den Vater aller Götter zurückgeführt werden. Nicht nur die Wikinger glaubten an sie, sondern auch andere Völker, wie die Kelten und die Angelsachsen, und an ihre entscheidende Rolle in der Kriegsführung. Sie werden gewöhnlich als schöne und tapfere Kriegerinnen dargestellt, die auf Pferden reiten, die oft schon tot sind. Sie sind auch die Bringer von Getränken und Speisen bei Banketten, was in der nordischen Gesellschaft keineswegs eine herabsetzende Rolle war, im Gegenteil, die Königinnen boten ihren Gästen entsprechend ihrer hohen sozialen Stellung Speisen als Zeichen des Dankes für ihre Heldentaten an. In anderen Darstellungen sind die Walküren Schwanenfrauen, mit Federn bedeckt und fähig zu fliegen, und wenn jemand sie ihres Federmantels beraubt, sind sie für immer an die Erde gebunden. Sie wählten nicht nur diejenigen aus, die nach Walhalla kommen sollten, sondern es wird angenommen, dass sie auch diejenigen auswählten, die in dieser Schlacht sterben würden. Sicherlich eine makabre und unheimliche Rolle, und um sicherzustellen, dass ihr Wille ausgeführt wurde, setzten sie ihre mächtige Magie zu diesem Zweck ein.

Giganten und Riesinnen

Die Rasse der Riesen nimmt in der nordischen Mythologie nicht den Platz hässlicher, großer, ausgestoßener Bestien ein; vielmehr werden sie in gewisser Weise mit den Asen und Vanen selbst gleichgesetzt. Es gab einige, die sogar in der Lage waren, ihre Größe nach Belieben zu modulieren, wie der Riese Hardgreip, aber im Allgemeinen waren sie Wesen mit normalen Gesichtszügen. Ihr nordischer Name war Jotnar (Riese) oder Jotunn (Riesin). Und es bedeutet "der Verschlinger", "Verschlingerin". Das Wort wurde 1066 n. Chr. mit der Einnahme Englands durch Wilhelm den Eroberer in "Riese" umbenannt (von "geants", was sich eher auf die Kreaturen der griechischen Mythologie bezog). Darüber hinaus wurden viele andere Begriffe durch englische oder französische Begriffe ersetzt oder vermischt.

Wie wir bisher gelernt haben, sind sie oft die Eltern wichtiger mythologischer Figuren; viele von ihnen hatten Liebes- oder Sexualbeziehungen mit Göttern und Göttinnen; und oft wurden tatsächlich Kinder geboren.

Sie hatten jedoch nicht die gleichen Werte und Regeln wie die Götter, die oft miteinander im Streit lagen, sodass sie gerade wegen dieser gegensätzlichen Sicht der Dinge oft in gewisser Weise die Rolle des Feindes spielten.

Auf der Grundlage dieses Gegensatzes teilt die germanische Mythologie ihre Welt in "Innangard" und "Utangard". Innangard sind die Gesetzestreuen, diejenigen, die "in der Umzäunung" bleiben, die Gerechten und Zivilisierten; es ist daher mit Asgard verbunden, in dem die Tapferen, die Asen, leben. Utangard hingegen verweist auf das entgegengesetzte Extrem, die Geächteten, die gesetzlose Anarchie, die Missachtung des Gesetzes, das Chaos. Und es wird zum Beispiel mit Jotunheim assoziiert, auch direkt Utgard genannt, dem Ort, an dem die Jotnar (Riesen) lebten, unzivilisiert und weit entfernt von den Geboten der Götter. Trotzdem waren die Riesen keine unorganisierten oder schwachen Wesen, denn es war gar nicht so einfach, ihr Reich zu zerstören und gegen sie in den Kampf zu ziehen. Die beiden Kräfte hielten sich gegenseitig im Gleichgewicht, das Gleichgewicht der Asen normalisierte das Chaos der Riesen. Gerade im Namen dieses Gleichgewichts, um die totale Zerstörung zu vermeiden, versuchten die Götter jahrelang, mit ihren Feinden in Frieden und im Gleichgewicht zu bleiben und zu kämpfen, wenn dies bedroht war, weil sie Anarchie in die zivilisierte Welt der Asen bringen wollten. Diese Fabelwesen haben sich jedoch am Ende der Zeit in Ragnarök durchgesetzt. Und das Universum wurde vom Chaos eingehüllt.

Ymir

Ymir ist der erste Riese, der Vorfahre aller Riesen des nordischen Mythos. Er wurde am Anfang, während der Entstehung des Kosmos, aus dem Feuer von Muspelheim und dem Eis von Niflheim geschaffen, aus dem Abgrund von Ginnungagap. Aus Ymir wurden andere Riesen geschaffen, während er schlief, ohne Geschlechtsakt, sondern aus dem Schweiß seiner Achselhöhlen und seiner Beine. Ymir ist ein Symbol für das Chaos, das den nachfolgenden Riesen innewohnende Prinzip. Außerdem wurden sein Name und der von Ginnungagap von den Wikingern benutzt, um an eine ferne Zeit zu erinnern, bevor alles erschaffen wurde. Der Riese hatte eine Kuh Audhumla, an der er hing und von der er Milch nahm. Um sich zu ernähren, musste sie nur einen großen Salzstein ablecken. Indem er an den Felsen leckte und sie erodierte, entdeckte er den ersten Gott der Asen, Buri. Aus ihm entstand Borr, der zusammen mit Bestla, der Nachfahrin von Ymir, ein neues Volk hervorbrachte. Unter ihnen waren Odin, Vili und Ve, seine Brüder. Später töteten sie Ymir und nahmen seine Körperteile an sich, die sie zur Erschaffung und Gestaltung des Kosmos verwendeten.

Fenrir

Fenrir war eine Bestie, ein riesiger Wolf, Sohn des Gottes Loki und der Riesin Angrboda. Eine der berühmtesten Kreaturen der nordischen Mythologie und irgendwie mit Jotnar verbunden, da es das unbestrittene Symbol des Chaos ist. Die Asen nahmen ihn mit nach Asgard, zogen ihn auf, als er noch ein kleiner Wolf war, und ließen ihn mit ihnen aufwachsen, um Asgard nicht mit Blut zu beflecken, aber auch, um jede seiner Bewegungen unter Kontrolle zu halten, obwohl die Prophezeiung besagte, dass er am Ende der Zeit den Vater von allem, Odin selbst, verschlingen würde. Die Legende besagt, dass der Wolf im Handumdrehen riesig und mächtig wurde, seine dunkle Seite zum Vorschein kam und die Götter nicht mehr wussten, wie sie ihn aufhalten sollten. Sie beschlossen, ihn dreimal in Ketten zu legen - vergeblich. Der Wolf zerbrach seine Ketten mit seiner Kraft und spottete über die Schwäche der Versuche des Äsirs. Die Zwerge bauten für die Götter ein verzaubertes Lasso, das dünn und hell zu sein schien und sicherlich weniger aufdringlich war als die großen Ketten, mit denen sie bei den ersten beiden Versuchen versucht hatten, das Tier zu fesseln. Sie sagten dem Wolf, er solle diese letzte Kette ausprobieren, wenn er sich ihrer Stärke so sicher sei. Fenrir stimmte zu, aber er traute den Asen nicht, denn er hatte die Hand eines Gottes als Garantie für seine Freilassung in seinem Maul. Der einzige, der sich freiwillig meldete, war der Kriegsherr Tyr. Der Wolf war gefesselt, er versuchte immer wieder, das verzauberte Band zu brechen, aber je mehr er sich befreite, desto fester wurde der Griff. Als er merkte, dass er getäuscht worden war, riss er Tyrs Arm mit seinem Kiefer ab und verstümmelte ihn vollständig. Fenrir war an einen riesigen Felsbrocken gefesselt, und ein Schwert blockierte seine Kiefer; der Sabber, der aus seinem Mund kam, verwandelte sich in einen Fluss. So war er viele Jahre lang in Asgard gefangen, bis zur Ankunft von Ragnarök, als sich die Prophezeiung erfüllte. Dort würde der Wolf Freiheit finden und Chaos in die Welt bringen. Er tötete Odin, den Vater aller Götter. Es heißt, dass andere Wölfe, die aber wahrscheinlich mit der einzigen Figur Fenrir verbunden sind, während des Ragnarök die Sonne (der Wolf Skoll) und den Mond (Hati) verschlungen haben. Odins Sohn Vidar schaffte es mit all seiner Kraft und unter entsetzlichen Qualen, seinen Vater zu rächen, den grausamen Fenrir zu töten und all dem Leid und Chaos, das er in Ragnarök ausgelöst hatte, ein Ende zu setzen.

Skadi

Skadi war eine Riesin, wahrscheinlich aus Skandinavien. Sie bewohnte die Berge, wurde die Göttin der Schneeschuhe" genannt und verbrachte ihr Leben hier und am Hof ihres Vaters in Thrymheim. Als geschickte Jägerin wurde sie zum Symbol des Winters und der Jagd. Die mit ihr verbundenen Gegenstände sind Schneeschuhe, Skier, Pfeil und Bogen. Odin tötete ihren Vater nach der Entführung von Idun, und die Riesin verlangte eine exemplarische Bestrafung, indem sie Asgard betrat und Rache oder eine angemessene Entschädigung verlangte, sonst würde sie Tod und Zerstörung verursachen. Die Götter boten ihr Gold an, da sie sich vor der Riesin und ihren Taten im Palast fürchteten, aber Skadi brauchte es nicht, denn ihre Familie war schon sehr reich. Odin teilte ihr daraufhin mit, dass sie sich jeden in Asgard als Ehemann aussuchen könne, aber dazu müsse sie die Wahl anhand der Schuhe treffen. Auf diese Weise würde sie durch die Vereinigung die Fähigkeit erlangen, eine Göttin zu werden. Sie hoffte, den gut aussehenden, freundlichen und tapferen Baldur wählen zu können. Die blinde Wahl fiel jedoch auf Njord als ihren zukünftigen Ehemann. Ihre Ehe war eigentlich nur von kurzer Dauer, da keiner von beiden so recht in dem Reich und den Gewohnheiten des anderen leben wollte. Es gab eine Scheidung, die in der nordischen Mythologie sehr verbreitet war und in Erwägung gezogen wurde. Es wird angenommen, dass Skodi später Ullr, den Gott des Winters und des Bogens, heiratete, mit dem sie alles gemeinsam hatte. Andere glauben, dass sie die Frau von Odin selbst wurde und viele Kinder mit ihm hatte.

Hel

Hel herrschte über die tiefsten Tiefen der Unterwelt, der Unterwelt. Sie war eine Riesin und ihr Name bedeutete "verborgen", "versteckt", genau wie die Seelen, die in die Unterwelt gelangten. Für viele war sie keine Göttin, sondern die fleischgewordene Unterwelt, denn es gibt keine Belege dafür, dass sie verehrt, gefeiert oder angebetet wurde, geschweige denn, dass in den überlieferten Legenden oder Memoiren tatsächliche Anekdoten über ihr Umherziehen oder ihre Interaktion zu finden sind. Nur in einem Auszug wurde sie erwähnt, als die Götter versuchten, ihren Baldur aus der Unterwelt zu holen. Was ein ziemliches Kunststück war, denn Hel erlaubte niemandem, die Unterwelt so einfach zu verlassen. Sie gewährte Baldurs Freilassung unter der Bedingung, dass alles Lebendige um ihn und seine Rückkehr weint. Die ganze Welt und alle Götter weinten um Baldurs Rückkehr, bis auf eine Riesin, wahrscheinlich Loki in Verkleidung, und so verweigerte Hel Baldur die Abreise und er blieb seinem Schicksal in der Unterwelt überlassen.

Sie war gierig, gefühllos, gleichgültig gegenüber jedem Wesen, ob lebend oder tot. Auch sie ist eine Tochter von Loki, ihre Mutter hieß Angrboda. Sie gehörte zum Geschlecht der gefährlichsten nordischen Kreaturen, Schwester des Wolfs Fenrir und des Jormungand.

Jormungand

Anderer teuflischer Sohn von Loki und Angrboda, Bruder von Fenrir und Hel. In der nordischen Mythologie ist er die größte der monströsen Kreaturen. Er ist auch als die Midgardschlange bekannt, deren Körper ganz Midgard umschließen konnte. Sein Hauptfeind war der Gott Thor, und wie die Auseinandersetzungen in den Eddas berichten, standen sie sich mehr als einmal gegenüber. Er lebt in den Abgründen des Meeres, er wurde von Odin hineingeworfen, als er beim Anblick seiner Geburt erschrak und verärgert war. Er hat eine dunkle, zerstörerische und jähzornige Persönlichkeit. Vor allem in den Stämmen der alten Germanen galt sie als Ursache für Erdbeben, die von der Schlange verursacht wurden, wenn sie wütend wurde.

Surt

Surt war der Anführer der Riesen während des Angriffs seines Volkes auf Asgard während Ragnarök. Er war der Gott des Feuers, der ständig badete und sein Schwert in Flammen setzte. Er kam aus der Region des Feuers und der Hitze schlechthin, Muspelheim. Einige Gelehrte sehen in ihm den Vulkan, die Verkörperung dieses Naturelements, aber unten in der Unterwelt. Er wurde daher mit Island in Verbindung gebracht, wo er aufgrund der zahlreichen noch aktiven Vulkane einen privilegierten Platz hatte.

Sein Schicksal war es, mit Freyr in Ragnarök zu kämpfen. Die Prophezeiung endet damit, dass sie beide sterben, der eine durch die Hand des anderen, wie es ihr Schicksal war.

Nidhogg

Er war ein wilder Drache oder eine Schlange, die am Fuße des heiligen Eschenbaums Yggdrasil lebte, ihn ständig angriff und seine Wurzeln fraß, um den wichtigen Baum zu verletzen. Durch diese Bisse und Wunden, die es schlug, gelang es dem Chaos, sich allmählich in der Welt durchzusetzen. Daher war das Tier Teil der Ordnung der Riesen, da sie dasselbe Ziel und dieselben Prinzipien der Unordnung anstrebten. Er regiert in der Unterwelt über Nastrond. Es ist der Ort der Strafe für Ehebrecher, Mörder und Meineidige. Dieser emblematische Brauch erinnert in gewisser Weise an die christliche Welt der moralischen Bestrafung, und daher wird in den Schriften, in denen Nidhogg erwähnt wird, ein christianisierender Einfluss angenommen. Sein Name bedeutet schließlich "der Böse", "der, der mit seiner Bosheit zuschlägt".

Skoll und Hati

Skoll und Hati sind die beiden Wölfe, die nach den Erzählungen von Snorri Sturluson in Ragnarök die Sonne bzw. den Mond verschlangen. Im Grimnismal, einem weiteren eddischen Gedicht, sind die Rollen der beiden Tiere vertauscht. Nach dem Gedicht Lokasenna schließlich sind Skoll und Hati einfach eine Erweiterung von Fenrir selbst, dem wilden Wolfsträger des Chaos. Andere spekulieren, dass er sogar ihr Vater war. Da jedoch keine stichhaltigen Beweise gefunden wurden, die die eine These gegenüber der anderen stützen, ist die mythologische Debatte noch offen. Skoll bedeutet übersetzt "der, der betrügt", "der, der spottet". Hati hingegen bedeutet "derjenige, der hasst".

Ran und Aegir

Ran und Aegir sind zwei Riesen, die in den nordischen Mythen häufig erwähnt werden. Dennoch gibt es nur wenige Informationen und ihr Profil ist noch nicht ausreichend beschrieben. Es ist bekannt, dass die beiden verheiratet sind, wobei Ran ("Dieb") die Frau und Aegir (Meer) der Mann ist. Es wird angenommen, dass sie neun Töchter hatten: Hronn, Dufa, Blodughadda, Drofn, Hefring, Kolga, Bolge, Ud, Himminglaeva. Sie waren die Geister der Wellen. Das Element, das dieses Paar verbindet, ist in der Tat das Meer, denn ihr Haus liegt unter dem Meer und sie kennen die Kraft des Ozeans.

Normalerweise wird die Riesin Aegir als wohlwollend und gütig angesehen, als aufmerksamer Gastgeber, ihr Ehemann Ran ein wenig dunkler; sie wird mit dem Ertrinken von Booten und Seeleuten in Verbindung gebracht, von denen man annimmt, dass sie sie in ihre Welt hinunterziehen. Beide Riesen standen in gutem Einvernehmen mit den Asen und luden sie oft zu Banketten und Empfängen in ihren Unterwasserpalast ein. Im Gegensatz zu anderen ihrer Art haben sie den Kampf und die Herausforderung gegen Asgard nicht gepriesen.

Garm

Garm war ein Hund oder Wolf, der in den Schriften kaum erwähnt wird, er wird mit der Unterwelt und den Kräften des Chaos und der Unordnung in Verbindung gebracht. Er gilt als der größte und wildeste Hund der nordischen Mythologie, wie es in einem Gedicht der Poetischen Edda, Grimnismal, heißt. In Stellung und Wert ist er ähnlich wie Odin für die Asen, er ist jedoch ähnlich wie Odin für die Dunklen. Manche meinen, dass es sich wieder um Fenrir, den Wolf, handeln könnte, da er auch in Voluspa als wilder Wolf, in Grimnismal aber als Hund bezeichnet wird. Auch viele Handlungen der beiden berühmten Chaos-Bestien ähneln sich, wie z. B. der Wunsch, sich aus der Gefangenschaft zu befreien, aber es gibt keine ausreichenden Quellen, um festzustellen, ob es sich um genau dieselbe Person handelt.

Elfen

Elfen sind in der nordischen Mythologie Halbgötter. Sie sind äußerst leuchtende Wesen, sogar noch leuchtender als die Sonne. Früher wurden sie mit den Asen und Vanen in Verbindung gebracht, also mit mythologischen Wesen, die jedoch einen höheren Stellenwert in der Gesellschaft hatten. In der nordischen Mythologie war es jedoch nicht immer einfach, zwischen Göttern, Halbgöttern, Elfen und Riesen zu unterscheiden. Sie wiesen keine besonderen Merkmale auf, die sie voneinander unterscheiden könnten. Die Germanen selbst sahen höchstwahrscheinlich keinen Unterschied zwischen ihnen. Oft können Elfen und Aesir dasselbe sein.

Wie zum Beispiel im Fall des Gottes Frey von den Vanir, der in Alfheim, dem Reich der Elfen, wohnte. Es gab mehrere Elfenrassen: die Dunkelelfen und die Lichtelfen. Die Lichtelfen lebten in Alfheim, dem Hauptsitz ihres Volkes, während ihre dunklen Vettern in Svartalfheim im Untergrund lebten. Sie wurden Zwerge genannt, weil sie in den Eingeweiden der Erde lebten. Sie unterschieden sich in vielerlei Hinsicht, zum Beispiel in der Hautfarbe: die Zwerge hatten eine schwarze, an die Erde erinnernde Haut, die Elfen eine blasse, fast engelsgleiche. Beide praktizierten jedoch Magie, wobei sie offensichtlich unterschiedlichen Idealen und Aspekten folgten. Die Zwerge schufen Gegenstände, Juwelen, Schmuck, von unvergleichlicher Schönheit und verliehen ihnen auch esoterische Eigenschaften.

Den Erzählungen zufolge gab es böses Blut zwischen den Elfen und den Menschen. Elfen konnten Tod und Krankheit bringen, aber sie waren auch in der Lage, mit ihren Künsten zu heilen. In der Regel halfen sie den Menschen nur dann bei der Heilung, wenn ihnen zu Ehren Opfer dargebracht wurden. Menschen und Elfen konnten heiraten und sich fortpflanzen. Die geborenen Kinder waren intuitiv und mächtig, hatten das Aussehen von Menschen und die magischen Fähigkeiten von Elfen. Wenn sie starben, konnten sie sich entscheiden, Elfen zu werden. Es gab also bis zum letzten Atemzug eine Überschneidung zwischen den beiden Welten, aber eine große Verehrung sowohl der menschlichen als auch der elfischen Vorfahren. Während des Aufkommens des Christentums war diese Art der Verehrung verboten oder wurde im Geheimen praktiziert. Bei den verbliebenen Heiden hielt sie sich länger, sogar länger als die Götterverehrung, insbesondere bei den Germanen.

Nani

Die Zwerge waren Dunkelelfen, die unter der Erde lebten, Magie ausübten und wunderschönen Schmuck und verzauberte Gegenstände schmiedeten. Vier von ihnen sollen den Himmel in den vier Himmelsrichtungen hochhalten: Nordi (Norden), Sudri (Süden), Austri (Osten) und Vestri (Westen). Ihre Haut war pechschwarz, und sie lebten in Svartalfheim, einer der neun Welten in der nordischen Mythologie. Letzteres war ein dunkles Labyrinth aus Minen, Tunneln, Hallen und Schmieden. Hier verbrachten sie ihr Leben damit, zu horten und zu schaffen. Eine der berühmtesten Waffen, die sie schufen, war Mjolnir, der mächtige Hammer von Thor. Sie waren auch die Handwerker von Gleipnir, den verzauberten Ketten, die Fenrir gefangen hielten, und von Skidbladnir, dem Schiff des Gottes Frey, das majestätisch und schnell war und sich bei Bedarf zu einer kleinen Tasche zusammenfalten ließ, und schließlich von Gungnir, Odins Speer, der nie ein Ziel verfehlte. Es gibt keine Beweise, die unsere heutige Vorstellung von den Zwergen als kleine, kurze, bärtige Wesen stützen. Vielen Historikern zufolge waren sie den Menschen ähnlich, sogar in der Größe.

Die Geister der Toten: die Draugr

Draugr sind die Geister der Toten, die in der Welt umherwandern und sich nicht gerne in ihren Gräbern aufhalten. Sie wandeln nicht nur unter den Lebenden, sondern bringen auch Krankheiten und Unbehagen mit sich und treiben ihre Opfer durch ihre Anwesenheit sogar in den Wahnsinn oder die Verrücktheit. Sie waren unzufriedene, niederträchtige und sündige Seelen; sie hatten in ihrem Leben meist unreine oder böse Taten begangen. Sie waren nicht einfach nur schwebende Geister, sondern sie waren in der Lage, ihren eigenen Körper zu beherrschen, also Gegenstände zu bewegen und sich wie ein normaler Mensch zu bewegen, aber mit mehr hasserfüllter Kraft und Macht. Sie waren also übermenschliche Kreaturen, die in einer Aura von Tod, Elend und Verfall schwebten. Sie konnten auch ihre Größe ändern, wenn es nötig war, und sie verehrten es, die Lebenden zu quälen oder einige ihrer Schätze zu bewachen.

Erdgeister

Erdgeister wurden oft zwischen Felsen und Steinen dargestellt. Sie schützten und segneten das Gebiet, das sie bewohnten, aber sie konnten es auch verfluchen. Sie waren sehr sensible Geister, und wenn jemand sie nicht respektierte oder sich unehrlich verhielt, würden sie das Land für immer verfluchen. Sie waren jedoch leidenschaftliche, freundliche und freie Menschen. Da die alten Germanen jedoch um ihren doppelten Charakter wussten, waren sie sehr vorsichtig, wenn es darum ging, das Land zu respektieren. Dies taten sie, indem sie abergläubische Riten und Klugheit befolgten, wie z. B. das Entfernen von Drachenköpfen von den Booten, wenn sie an Land gingen, um die empfindlichen Geister des Landes nicht zu erschrecken, ihren Frieden zu respektieren und sich bei ihnen einzuschmeicheln. Diese Wesenheiten wurden ebenso wie die Elfen auch nach der Ankunft der

Christen noch über längere Zeiträume verehrt. Vor allem in Island, dem zentralen Ort, an dem diese Geister zu Hause sein sollen, gibt es mehrere Punkte und heilige Orte in der nordischen Mythologie, insbesondere einen Felsen namens Grimsborg, ein heiliger Ort, der von einem Erdgeist bewohnt sein soll.

Kapitel 5: Zwischen Mythos und Legende: die Heldentaten von Sinnfjotli, Sigur und Wayland

Kriege, Heldentaten, Rettung der Welt vor Monstern, Krankheiten und Chaos, Rache, Ehre. Es sind die Qualität und der Wert der eigenen Taten, die einen Menschen zu dem machen, was wir einen Helden nennen. Unter den tapferen Gestalten des nordischen Volkes, das sich so gerne mit Mythen und Geschichten beschäftigt, stechen drei besonders hervor, von denen wir euch erzählen werden.

Sinfjotli

Der Sohn von Sigmund verbrachte sein ganzes Leben im Krieg und widmete sich dem Kampf. Er verliebte sich in eine junge Frau und bezahlte, um ihr den Hof zu machen, ebenso wie der Bruder seiner Stiefmutter. Dafür wurde er von Sinfjotli mit dem Tod bestraft. Danach wollte ihre Stiefmutter nichts mehr mit Sinfjotli zu tun haben und trennte sich ganz von ihm. Er würde sie mit dem Wergold entschädigen, wie es üblich ist, ein Familienmitglied bei Tod oder schwerer Verletzung mit Geld zu entschädigen. Zu Ehren des getöteten Bruders wurde ein großes Bankett veranstaltet. Die Frau füllte Sinfjotlis Horn mit einem giftigen Getränk, aber der Mann bemerkte, dass es etwas Seltsames an sich hatte, und da er dem Getränk nicht traute, zögerte er, bevor er einen Schluck nahm. Sein Vater Sigmund war gegen alle Arten von Gift immun, also reichte er ihm das Horn mit dem Getränk. Die

Frau schenkte daraufhin einen weiteren ein, der aber wieder an Sigmund statt an die betreffende Person weitergereicht wurde. Doch die Stiefmutter, empört über die Weigerung, sagte Sinfjotli deutlich, er solle trinken, was sei das für eine Feigheit? War er nicht ein tapferer Volsung? Sonst würde er den Familiennamen entehren. Sein betrunkener Vater forderte ihn auf, es zu trinken, wobei er seinen langen Bart zwischen ihn und das Getränk stellte. Das Gift tötete den jungen Krieger innerhalb von Sekunden. Sigmund nahm den Leichnam seines Sohnes und trug ihn zusammen mit einem Bootsmann auf einem schmalen Fjord aufs Meer hinaus, aber der Leichnam hatte das Boot, auf dem sie unterwegs waren, zu schwer gemacht. Ein dichter Nebel hinderte sie daran, auszusteigen und auf die andere Seite zu gelangen. Sigmund kehrte daraufhin einfach in Borghilds Palast zurück, ließ sich von der Frau scheiden, verließ den Ort, an dem er gelebt hatte, und kehrte in den Süden des fränkischen Königreichs zurück.

Sigur Fafnirsbane

Als Sohn der Göttin Hjordis war er ein geschickter und fähiger Mann, der von seinem Adoptivvater Regin im Palast von König Hjalprek umsorgt und aufgezogen wurde. Regin beherrschte mehrere Sprachen, praktizierte Runen und Magie und beherrschte Übungen und Fertigkeiten, die er an seinen Adoptivsohn weitergab und lehrte. Von Regin heißt es, dass er vom Gold geblendet war, da er große Mengen davon verlor, und dass er zwei Brüder hatte: Fafnir und Reidmar. Fafnir wurde durch Lokis Fluch auf einen Goldschatz getötet, den der Gott an sich reißen wollte. Die Brüder, die den tödlichen Zauber überlebt hatten, baten ihren Vater um ein Wergold, d.h. um eine Entschädigung für einen Todesfall, aber sie bekamen es nicht. Fafnir tötete seinen Vater mitten in der Nacht, nahm ihm all sein Gold ab und ließ seinen Bruder Reidmar mit leeren Händen zurück. Da er nichts mehr zum Leben hatte, suchte Regin von nun an Gastfreundschaft am Hof von König Hjalprek und blieb dort. Ihr Bruder, der so gierig nach Gold und Lust war, verwandelte sich in eine giftige Schlange und bewahrte seinen Schatz in einem Versteck auf der Gnita-Heide auf.

In der Zwischenzeit zog Regin Sigurs auf, sodass er erwachsen und "bereit" war. Sein Adoptivvater vermittelte ihm seinen großen Rachefeldzug, seinen Bruder zu töten und den Schatz an sich zu nehmen, den er jahrelang zu Unrecht gehütet hatte; dies würde dem jungen Mann seiner Meinung nach sicherlich Ruhm und Berühmtheit einbringen.

Sigur gefiel die Idee und er rüstete sich sofort für die Aufgabe. Er fand ein für die Reise geeignetes Pferd, Grani, das vom selben Pferd wie Odin Sleipnir abstammte, schnell und ausgezeichnet im Rennen. Regin gab ihm dann eine Waffe, ein Schwert, das er speziell für diese Aufgabe angefertigt hatte. Der Legende nach zerbrach dieses Schwert auf merkwürdige Weise, sobald es von dem jungen Mann geführt wurde, und auch das zweite Schwert, das sein Vater geschmiedet hatte, erlitt das gleiche Schicksal. Seine Mutter Hjordis sammelte die Teile des Schwertes ein, und Regin unternahm einen letzten siegreichen Versuch, die tapfere

Gram zu schmieden. Bevor er sich auf die Suche machte, erklärte Sigur zunächst, dass er den Tod seines echten Vaters Sigmund rächen wolle. Er überredete König Hjalprek, ihm ein eigenes Heer mit Männern und Schiffen zur Verfügung zu stellen, um nicht nur Fafnir zu töten und das Gold zurückzuerobern, sondern auch die Söhne von Hunding. Nach dem Auslaufen zwang jedoch ein Sturm die Flotte, an Land zu bleiben. In der Einöde fragte ein alter Mann namens Nikar, ob er an Bord kommen dürfe. Er nannte sich "der alte Mann vom Berg", "Feng" oder "Fjolnir". Sie stimmten zu und hissten die Segel erneut, um das Kunststück zu versuchen. Sie gerieten mitten in die eigentliche Schlacht mit den Söhnen Hundings und töteten sie alle bis auf Lyngvi, den sie gefangen nahmen, obwohl er nicht lange überlebte. Er erhielt eine exemplarische Strafe, die "Blutadler"-Hinrichtung, bei der ihm Lunge und Rippen herausgerissen und aus dem Rücken gezogen wurden.

Die erste Rache war vollbracht, und nun begaben sie sich zur zweiten Etappe, der Gnita-Heide, dem Versteck der Schlange, die ihren Schatz bewacht. Regin kam auf die Idee, dass der junge Mann, um seinen verräterischen Bruder zu überlisten, gut daran täte, einen langen Graben auf dem Weg auszuheben, den Fafnir gewöhnlich nahm. Die Idee wurde geprüft, aber auf Anraten eines Ältesten verbessert. Es war notwendig, nicht nur einen, sondern mehrere Gräben auszuheben, damit man sich bei Bedarf an mehreren Stellen verteidigen oder verstecken konnte.

Als er die Eindringlinge Vor seiner Behausung bemerkte, kam Fafnir aus seinem Versteck und spuckte sein tödliches Gift aus. Sigurd gelang es, ihn mit seinem Schwert in die Seite zu stechen. Gequält fragte Fafnir seinen Jäger, wie er denn heiße. Der zögernde Krieger antwortete: "Sigurd". Die gierige Schlange belegte seinen Namen mit einem Fluch, dem gleichen Fluch, den seine Verwandten von Loki erhalten hatten, weil sie vom Gold geblendet waren: Niemand soll es je genießen, ohne verflucht zu werden. Sigurd beschimpfte ihn und sagte ihm, dass er sein Herz brauche, weil es auf Geheiß seines Bruders, den er vor langer Zeit betrogen hatte, dort sei, und um ihm zu zeigen, dass Rache geübt worden sei. Regin erhielt das Herz, schnitt es auf, trank sein Blut und ging zufrieden zu Bett. Dann wurde das Herz herausgenommen, auf die Glut gelegt und geröstet. Während Sigurd es auf den Kohlen aufwärmte, versuchte er, das erloschene Herz zu berühren, um zu sehen, ob es noch roh oder ausreichend gekocht war. Er verbrannte sich und steckte vor Schmerz instinktiv den Finger in den Mund. Das Gift in Fafnirs Herz berührte seine Zunge und verlieh ihm eine seltsame Kraft, er konnte verstehen, was die Vögel über ihm sagten. Sie warnten den jungen Mann vor Regin, dem Verräter, und erklärten ihm, er täte gut daran, Fafnirs Herz zu essen und seinen Adoptivvater zu töten.

Sigurd nahm die Warnung an, schlug Regin in Windeseile den Kopf ab und begab sich, wiederum auf Anraten der Vögel, in die Höhle der Schlange. Er fing an zu graben und förderte den Schatz zutage. Dank seiner Taten wurde sein Nachname in Fafnirsbane geändert. Er sammelte alles ein, was es gab, band es an sein Pferd und nahm den Schatz für immer an sich.

Wayland

Die Protagonisten dieser Geschichte sind drei Brüder namens Wayland, Egil und Slagfinn. Sie waren auf die Jagd gegangen und hatten sich in der Nähe des Wolf Lake niedergelassen, wo sie beschlossen, ein Haus zu bauen. Als sie sich in der Nähe des Hauses aufhielten, entdeckten sie eines Tages drei Frauen, die am Ufer des Sees Kleider webten. Die Schwanenmäntel, die neben ihren Gestalten lagen, ließen darauf schließen, dass es sich nicht um gewöhnliche Sterbliche, sondern um Walküren handelte.

Später heiratete jeder der drei Brüder eine der Walküren. Die Paare lebten sieben lange Jahre glücklich zusammen, aber die Walküren wurden unruhig, sehnten sich nach dem Krieg und der Rückkehr dorthin und entfernten sich, als die drei Brüder schlafen gingen. Egil und Slagfinn machten sich auf den Weg, um ihre verschwundenen Frauen zu finden, aber Wayland hielt es für klüger, auf ihre Rückkehr zu warten. Während ihrer Abwesenheit gründete er ein Kunsthandwerks- und Schmiedegeschäft, in dem er prächtige Schmuckstücke, Ringe, edelsteinbesetzte Schmuckstücke und andere wunderbare Arbeiten herstellte. Die Pracht dieser Juwelen erreichte das Ohr des gierigen Königs Nidud, der beschloss, die prächtigen Ringe aus der Werkstatt zu holen. Er führte eine Armee in die Wälder von Walf Dales, in der Nähe des Sees und des Hauses der drei Brüder, und nahm nur einen einzigen Ring von den Hunderten, die Wayland angefertigt hatte, während er ausgegangen war. Als er zurückkehrte, stellte er fest, dass ein Ring in seinen Kreationen fehlte. Zunächst dachte er, seine Frau sei endlich zurückgekehrt und habe das Objekt verzaubert und getragen. Der Gedanke tröstete ihn, und müde schlief er am Feuer ein.

Als er aufwachte, legte die Armee, die noch in der Nähe war, dem Jungen Handschellen an. Nidud erhob Anspruch auf die Schätze, die der junge Mann zur Herstellung seiner Ringe verwendet hatte, sie gehörten ihm, er hatte ein Recht auf sie. Wayland wurde vor Gericht gestellt, sein Haus wurde aller wertvollen Gegenstände beraubt, und der gestohlene Ring wurde der Königstochter geschenkt.

Die Königin schlief jedoch nicht ruhig, als sie die Rachegelüste und die Lust am Töten in den Augen des gefangenen Handwerkers sah; sie riet ihrem König daher, die Beine des jungen Mannes bis zu den Knien zu verstümmeln, damit er nichts gegen den Palast ausrichten könne. Es heißt, dass die abscheuliche Tat ausgeführt wurde, die Sehnen durchtrennt wurden und der Mann lahm blieb. Nachdem man ihn seiner Beine beraubt hatte, ließ man ihn am Leben und schickte ihn auf eine Insel, wo er weiterhin seine Wunder ausschließlich für König Nidud schmiedete. Nach einiger Zeit beschlossen die Söhne des Königs, auf die Insel zu fahren, um mit eigenen Augen die fantastischen Dinge zu entdecken und zu bewundern, die Wayland geschaffen hatte. Für den Mann war es ein Zeichen des Schicksals, eine Hoffnung. Er zeigte den jungen Prinzen alles, was er gemacht hatte, und versprach ihnen, ihnen alles zu geben, sogar die verborgensten und eifersüchtig gehüteten Juwelen, wenn sie am nächsten Tag auf die Insel zurückkehrten. Von der Gier und der glücklichen Aussicht ergriffen, gingen die beiden königlichen Brüder am nächsten Tag erneut zu dem Handwerker, ohne jemandem zu sagen, wohin sie gingen. Wayland zeigte ihnen eine große, tiefe Truhe und lud die jungen Männer ein, sie zu durchsuchen und sich die gewünschten Juwelen zu nehmen. Sobald sich die Prinzen näherten, um hineinzuschauen, ließ Wayland den Deckel herunter und schlug ihnen die Köpfe ab. Er nahm ihre Körper und versteckte sie; dann nahm er ihre Köpfe und goss sie in Silber und machte daraus Kelche für König Nidud; und schließlich schmiedete er mit ihren Augen Juwelen, Juwelen als Geschenke für die Königinmutter. Aber nur ein Teil von Waylands Rache wurde vollendet. Die Tochter des Königs, das Mädchen, das den gestohlenen Ring erhalten hatte, hieß Bodvild. Als sie vom Tod ihrer Brüder erfuhr, ging sie auf die Insel, damit ihr Vater davon erfuhr und den Gefangenen sehen konnte. Wayland zeigte ihr viel Mitgefühl und Freundlichkeit, und das Mädchen, das keine weiteren Rachegefühle hegte, nahm einen Schluck aus dem Glas, das der Handwerker ihr anbot. Das Getränk stieg ihr zu Kopf, sie wurde betrunken, und der Mann nahm sie in Besitz und entehrte sie. Getrieben von der Gier nach Rache und Erfolg flog er in einem schwarzen Mantel aus Rabenfedern zum Hof des Königs. Vor Nidud erklärte der Mann, was geschehen war, und sparte dabei nicht mit Einzelheiten. Dann entkam er für immer, entledigte sich seiner Rolle als Gefangener, befreite sich, flog davon und kehrte nie wieder zurück.

Kapitel 6: Die berühmtesten nordischen Märchen

Das Prinzip: der Kosmos und sein Ursprung

Der nordischen Mythologie zufolge war am Anfang die Dunkelheit, der Ginnungagap, ein dunkler und stiller Abgrund. Hier herrschte das Chaos, genau zwischen Niflheim, der Heimat des Eises, und Muspelheim, dem Reich des Feuers. Allmählich kamen diese beiden Reiche in Ginnungagap zusammen, das Element des Eises und das Element des Feuers verschmolzen, und aus ihrer Verschmelzung entstand Ymir, der erste Riese. Da er allein auf der Welt war, konnte er sich auch ohne den sexuellen Akt fortpflanzen. Aus seinen Beinen und seinem Schweiß entstanden viele Riesen, die das nordische Volk bald kennenlernen sollte. Ymir hatte Audhumla bei sich, eine Kuh, die sich selbst ernährte, indem sie das Salz von den Felsen leckte, die sich gebildet hatten. Durch Lecken und Füttern gebar sie Buri, den ersten der Äsir-Linie. Er heiratete die Riesin Bestla, und aus dieser Verbindung gingen Odin, Vili und Ve hervor. Die Kinder zerrissen den ersten Riesen, Ymir, und formten mit ihm den Kosmos. Aus Blut schufen sie Ozeane, aus Haaren schufen sie grasbewachsene Weiten, der Schädel wurde zum Himmel, der die Welt bewacht, Haut und Muskeln zum Boden, das Gehirn zu schwebenden Wolken. Vier Zwerge stützten den Schädel des Riesen in den vier Himmelsrichtungen: Süden, Westen, Osten und Norden und hielten ihn über die Welt.

So wurde der Kosmos erschaffen, und nun war es für die Götter an der Zeit, eine neue Rasse zu gebären: die

Menschen. Die Körper der ersten Menschen stammten aus Baumstämmen. Sie hießen Ask und Embla, und die Götter schenkten ihnen Midgard, ihre Heimat, um sie vor der Wut und dem Chaos der Riesen zu schützen.

Der Eschenbaum im Zentrum der Welt: Yggdrasil

Man glaubte, dass das Universum in neun Welten unterteilt war, und Yggdrasil war der heilige Baum in der Mitte. An seinen Ästen hing jede dieser neun Dimensionen, sodass alle in irgendeiner Weise mit derselben einzigartigen und ursprünglichen Einheit verbunden waren. Es gibt jedoch keine Karte oder ein Diagramm, das die Position dieser Königreiche auf den Ästen des Stammbaums zeigt. Einiges deutet darauf hin, dass sie auf zwei Linien gestanden haben könnten, einer vertikalen und einer horizontalen. Die Vertikale stellte die Reise zwischen Innangard und Utangard (Tugend und Chaos) dar. Hier befand sich Asgard auf einem der höchsten Äste, während Midgard und Hel am Fuß des Stammes direkt in die Wurzeln des heiligen Baumes eingebettet waren.

Die übrigen sechs Welten standen auf der horizontalen Linie. Über letzteres ist nicht viel bekannt, aber wir wissen, dass das Königreich Jotunheim der Riesen dazugehörte. Die Aufrechterhaltung des Gleichgewichts und des Friedens des Baumes war wichtig, um Dunkelheit und Chaos abzuwehren.

Als zentraler Dreh- und Angelpunkt des Kosmos waren seine Gesundheit und sein Wohlergehen folglich entscheidend für den Wohlstand eines jeden Reiches. Als ihre Kraft zu schwinden begann und die ersten Anzeichen des

Verfalls auftraten, wurde gleichzeitig die Ankunft von Ragnarök vorausgesagt, und dass alle neun Welten in ernster Gefahr waren. Um den Baum herum lebten verschiedene Tiere und Bestien. Die bekanntesten der Dunklen waren Schlangen und ein Drache namens Nidhogg, der die Wurzeln des Baumes bewohnte, da sie der Unterwelt näher waren. Ein mächtiger, namenloser Adler lebte zwischen den Ästen, und ein kleines Eichhörnchen, Ratatoskr, kletterte am Stamm von Yggdrasil auf und ab und überbrachte die Beleidigungen, die sich der Drache und der Adler oft gegenseitig auferlegten.

Es gab auch vier Hirsche, die in aller Ruhe die Blätter an den Ästen kauten. Sie hießen Duneyrr, Saint, Dvalinn und Durathror. All diese Tiere verschlangen gewissermaßen das unsterbliche Bild des Baumes. Darüber hinaus haben die niedrigeren Orte wie die Brunnen oder die Wurzeln für die Gelehrten eine schwierigere und widersprüchlichere Bedeutung. Vor allem fragt man sich, wie viele Wurzeln der heilige Baum tatsächlich besaß. Im Grimnismal werden drei Hauptwurzeln genannt. Der erste kam aus dem Land der Menschen, Midgard. Der zweite kommt aus dem Land der Riesen, Jotunheim. Und der dritte aus der Unterwelt von Hel.

In der Voluspa gibt es einen ungewöhnlichen Brunnen, den sogenannten "Schicksalsbrunnen" oder Urd-Brunnen, direkt unter Yggdrasil. Die Edda hingegen berichtet in ihrer Prosa von der Existenz dreier Brunnen, die mit den drei Wurzeln verbunden sind. Von diesen würde Urds Brunnen tatsächlich im Himmel stehen. Hier versammelten sich die Götter, um sich zu beraten und ihre Tagesordnung zu verabschieden. Ein zweiter Brunnen, der eher einem Wasserbecken gleicht, trägt den Namen Hvergelmir und ist durch seine Wurzel, die bis nach Niflheim reicht, mit dem Eisreich verbunden. Diese Wurzel soll die Lieblingswurzel des Drachens sein, die er oft zu verschlingen schien. Und schließlich ist Mimir, der dritte Brunnen, mit der Wurzel des Königreichs Jotunheim, dem Reich der Riesen, verbunden, auch bekannt als der Brunnen der Weisen.

Tod des Gottes Baldur

Baldur war der von den Göttern selbst und von den nordischen Völkern am meisten geliebte Gott, so großzügig und selbstlos, dass sein Tod als trauriger und schwer zu ertragender Kummer Teil des Mythos wurde.

Er war der Sohn von Odin und Frigg, geliebt von seiner Mutter, stark und tapfer, eine edle, gütige und wohlwollende Seele. Einst hatte Baldur immer wiederkehrende Albträume über seinen Tod; verängstigt durch diese dunklen Omen fragte er Odin nach seiner Meinung über ihre Bedeutung. Die Bewohner Asgards selbst, die Baldur verehrten, verlangten Erklärungen und fragten, ob sein Leben wirklich in Gefahr sei. Der Göttervater bestieg daraufhin sein Pferd und machte sich auf den Weg in die Unterwelt. Dort würde er eine längst verstorbene weibliche Figur aufsuchen, eine mächtige Seherin, die für ihre Weisheit und ihre subtilen Gaben bekannt ist. Odin war ein Äsir und durfte dort im Totenreich nicht gesehen werden. Auf seinem Weg nahm er verschiedene Masken und Verkleidungen an. Als er in der Unterwelt ankam, sah er majestätische Hallen, die wie für eine große Zeremonie geschmückt waren, alles andere als ein dunkler und dekadenter Ort. Ohne seine wahre Identität zu verraten, suchte er seine Wahrsagerin auf und fragte sie erstaunt, warum es dort, wo der Tod regiert, so viel Prunk und Protz gibt. Die Dame erzählte ihr, dass ein großes Ereignis bevorstehe, der Gott Baldur werde bald in die Unterwelt kommen, und er müsse in der ihm gebührenden königlichen Weise empfangen werden. Sie beantwortete weiterhin einige der Fragen, die der Gott stellte, bevor sie seine wahre Identität entdeckte, und weigerte sich in diesem Moment, in allen Einzelheiten zu verraten, wie Baldur in die Unterwelt gelangt war.

Odin kehrte daraufhin zu den Asen zurück, verzweifelt und mit wenig Informationen, um die Zweifel und Fragen seines Volkes zu zerstreuen. Sie trafen sich im Rat mit Frigg und besprachen die Dinge, die er von der Seherin erfahren hatte. Die Göttin, die wusste, dass ihr geliebter Sohn sterben würde, brach in jeden Winkel der Welt auf und ließ alle schwören, Baldur in keiner Weise zu schaden, sei es als Wesen, Waffe, natürliches oder künstliches Element, Gott oder Geist. Baldur kehrte nach Asgard zurück, und die Asen lobten den Mut und die Weitsicht ihrer Königin. Die Götter versuchten scherzhaft, ihn mit Schwertern oder Stöcken zu bewerfen, aber keiner von ihnen schaffte es, den zum Tode verurteilten Gott zu verletzen, sondern sie prallten an seinem Körper vollständig ab. Diese Seltsamkeit und Verspieltheit erregte die Aufmerksamkeit von Loki und seinen Anhängern, die stets versuchten, Unruhe zu stiften, Spaß zu haben und Chaos zu stiften. Loki verkleidete sich daraufhin von Kopf bis

Fuß, um seine Identität zu verbergen, trat vor Frigg und fragte seine Herrin, ob sie alles getan habe, um Baldur so gut wie möglich zu beschützen, und schwor, alles zu tun, was dem Gott schaden könnte. Die Göttin entgegnete, sie habe alle dazu gebracht, dem geliebten Baldur die Treue zu schwören, sie habe nur vergessen, nach der Mistel zu fragen, da sie ihr als harmloses und unschuldiges Element unwichtig erschien. Sie konnte einen Gott nicht töten, und deshalb war es sinnlos, sie zu stören. Loki nahm diese pikante Information auf und versuchte, einen raffinierten Plan auszuhecken. Er schmiedete einen Speer, dessen Spitze mit dem einen Element getränkt war, das die Göttin vergessen hatte, in ihren Schutzschwur aufzunehmen: die Mistel. Er nahm den Speer und ging zu Hodr, einem Gott, der sein Augenlicht verloren hatte, und sprach zu ihm. Loki fragte ihn, wie er sich fühle, dass er nicht mit den anderen Göttern an den lustigen Streichen teilnehmen könne, die sie Baldur spielten, um zu sehen, wie alles an ihm abprallte, und fragte ihn, warum er es nicht wie alle anderen versucht habe. Hodr, der nicht sah, wer sein Gesprächspartner war, da er völlig blind war, nickte und sagte, dass er sich durch diese Neuheit und den scherzhaften Ton seiner Begleiter tatsächlich ausgeschlossen fühlte. Loki nahm dieses Geständnis gelassen hin, reichte dem blinden Gott den mit Mistel getränkten Speer und sagte ihm, mit seiner Hilfe würden sie den Speer zusammenziehen und auf Baldur richten. Und so taten sie es und schleuderten beide ihre Waffen auf den Gott, der sofort sterbend zu Boden fiel, als er getroffen wurde. Asgard verlor seine Stimme, alle verstummten. Der Gott, den sie liebten und verehrten, war tot. Dies war der erste Schritt zur Ankunft von Ragnarök.

Die Göttin Frigg, die sich vom Verlust ihres Sohnes erholte, fragte die Asen, ob es jemanden gäbe, der mutig genug sei, in die Unterwelt hinabzusteigen und einen Pakt mit der Riesin Hel, der Göttin der Unterwelt, zu schließen. Dort würde er verlangen, dass sein geliebter Baldur heil und gesund nach Asgard zurückkehrt. Odins Sohn Hermod akzeptierte und ritt auf einem der Pferde seines Vaters in die Unterwelt. Die anderen organisierten die Trauerfeier für den Verlust ihres Geliebten. Sie bereiteten auch das Boot vor, das seine sterblichen Überreste aufs Meer tragen sollte, aber es lief auf Sand auf und keiner der Anwesenden war stark genug, um es zu befreien. Dann wurde die Riesin Hyrrokkin, die Stärkste, herbeigerufen, um den Scheiterhaufen in die richtige Richtung zu schieben; sie gesellte sich zu ihnen auf einen grimmigen Wolf, der von giftigen Schlangen umgeben war. Sie gab einen kräftigen Stoß, der ein Erdbeben auf der Erde auslöste, und schaffte es, das Schiff ins Wasser zu bringen. Alle Asen begleiteten Baldur bei seinem Begräbnis, und als Zeichen der Zuneigung und Verehrung für einen so geliebten Gott waren Wesen aus dem ganzen Kosmos gekommen: Elfen, Zwerge, Walküren, Riesen. Seine Frau, die Göttin Nanna, wurde von Trauer und Ergriffenheit überwältigt und starb auf der Stelle. Dann legten sie sie zusammen mit ihrem geliebten Gefährten auf den Scheiterhaufen und banden sie aneinander. Der Gott Thor entzündete das Feuer, das die Überreste mit dem ganzen Schiff für den Bestattungsritus verbrennen sollte. Odin gab dem verstorbenen Paar Draupnir, einen seiner Ringe, und legte Baldurs geliebtes Pferd auf den Scheiterhaufen. Das Boot fuhr dann auf das offene Meer hinaus und war am Horizont verschwunden.

Inmitten all dieser Ereignisse reiste Odins Sohn Hermod in die Unterwelt und brauchte neun Nächte, um den Aufenthaltsort der Riesin Hel, der Königin der Unterwelt, zu erreichen. Auf dem Pferd Sleipnir, dem Ross, das ihm sein Vater geschenkt hatte, gelang es ihm, die Mauern zu überwinden und Hel vor ihrem Thron zu erreichen. Direkt neben der Riesin sah er Baldur selbst, den lang erwarteten Ehrengast in der Unterwelt, niedergeschlagen und tief betrübt. Bei seiner Ankunft sagte er kein Wort zu Hel und beschloss, bis zum nächsten Tag zu warten, um seinen Antrag auf Freilassung zu besprechen. So ging er am Morgen zu der Riesin und bat darum, dass Baldur nach Asgard zurückkehren dürfe. Der Schmerz über seinen Verlust in der Welt war zu groß, alle Geschöpfe trauerten um ihn und machten den tapferen und gütigen Gott unter sich aus; besonders die Asen, die ihn geboren und schön, gütig und tugendhaft aufwachsen gesehen hatten.

Hel dachte darüber nach und sagte Hermod, dass er ein solches Privileg gewähren würde, wenn die Welt sich wirklich nach Baldurs Rückkehr sehnte und um ihn trauerte. Die ganze Welt, kein einziges Lebewesen ausgenommen, sollte den Verlust des Gottes betrauern, damit ihm eine zweite Chance gewährt wird, zu seinen Lieben zurückzukehren. Hermod, der für diesen Vorschlag dankbar war, reiste nach Asgard, um

Figg und dem Rat zu übermitteln, was Hel ihm gesagt hatte. In jeden Winkel des Kosmos wurden Boten geschickt, um sie auf diese Möglichkeit aufmerksam zu machen. Alle Geschöpfe trauerten aufrichtig und von Herzen um den verstorbenen Gott, alle wandten sich einander zu. Alle bis auf Tokk, eine Riesin, die in Wirklichkeit der verkleidete Gott Loki ist, der sich weigert, um Baldur zu trauern, und der meint, dass es für Hel besser wäre, das zu behalten, was sie bereits hat. Aufgrund dieser Weigerung gewährte Hel Baldur nicht die Freilassung und seine Rückkehr nach Asgard; er blieb mit ihr in der Unterwelt, beraubt seines Lichts und seiner Gnade, die bis dahin die Welt der Lebenden begleitet hatten.

Nach diesem letzten Affront von Loki beschloss Vali, ein weiterer Sohn des Gottes Odin, Baldur ein für alle Mal Gerechtigkeit widerfahren zu lassen. Um dies zu erreichen, wandte er sich jedoch nicht an den Drahtzieher der Tat, den Gott Loki, sondern an den blinden und naiven Hodr, seinen Bruder, der den Speer mit Lokis Hilfe geworfen hatte, und tötete ihn. Dann suchten sie auch den Gott des Betrugs und des Unheils, den wahren Anführer der grausamen Tat, die Baldur den Tod brachte, und der auch seine Rückkehr zu den Lebenden verhinderte, indem er sich als Tokk verkleidete, aber der feige Gott verwandelte sich in einen Lachs und versteckte sich so lange wie möglich in den Gewässern, bis er schließlich an einem Wasserfall Halt machte, weil er glaubte, einen sicheren und unfehlbaren Ort gefunden zu haben, um sein Leben zu retten. Aber die Asen wussten sehr wohl, wo sein Versteck war. Also gingen sie mit großen Netzen zum Wasserfall und versuchten, ihn zu fangen. Loki machte sich auf den Weg, um dem Netz zu entkommen, aber der Gott Thor war schneller und fing ihn ein. Er tötete ihn nicht, sondern nahm ihn gefangen, fesselte ihn und brachte ihn mit den Äsiren in eine Höhle. Zur Sicherheit und um ihn an der Flucht zu hindern, hing jetzt eine riesige Giftschlange über Lokis Kopf, und jeder Tropfen Gift, der aus seinem Mund auf den Gott der Täuschung tropfte, war ein schrecklicher Schmerz für sein Fleisch. Midgard, seine Frau, begleitete ihn während der gesamten Tortur und sammelte das Gift mit einer Schale auf. Wenn sie jedoch einen Moment innehielt, um sie zu entleeren, war das Gift so schrecklich, dass es den Gott jedes Mal in den Tod stürzte und vor Schmerz gewaltige Erdbeben auf der Erde auslöste. Loki blieb dort in der Höhle bis zur Ankunft von Ragnarök.

Odin und der Brunnen von Urd

Eine der ersten Missionen Odins war es, sein Wissen zu erweitern und Fragen zu den Geheimnissen des Kosmos zu beantworten. Dann ging er zum Baum des Universums, Yggdrasil, und schlüpfte durch seine Wurzeln in den Brunnen von Urd, dessen Wasser die Weisheit aller Zeiten enthielt; ein Schluck und man konnte höheres und unbegrenztes Wissen erlangen. Der Brunnen wurde von Mimir bewacht, einem finsteren Schatten, der auch äußerst weise und ein Kenner der entlegensten Geheimnisse des Universums war. In seiner Gegenwart angekommen, bat Odin ihn um einen Schluck Wasser aus dem verwunschenen Brunnen.

Der Wächter, der um die übernatürlichen Gaben dieses Wassers wusste, sagte dem abenteuerlustigen Gott, dass er es nur bekommen würde, wenn er im Gegenzug eines seiner Augen hergeben würde. Odin beschloss, die ultimative Geste zu machen, um im Gegenzug universelles Wissen zu erhalten. Er riss sich wie befohlen ein Auge aus, warf es in den Brunnen und erfüllte damit das Opfer des Wächters, der ihm erlaubte zu trinken. Sein Auge im Tausch gegen Wahrnehmung und Wissen, das über den einfachen Sehsinn hinausgeht.

Odin und die Runen des Wissens

Der Gott Odin hatte eine Schwäche für Wissen, und um es zu erlangen, machte er vor nichts Halt, wie wir gesehen haben, opferte er sein Auge, um einen Schluck aus dem Brunnen des Wissens nehmen zu können. Für die nordischen Völker waren die Runen, die Hüter der Geheimnisse des Kosmos, Symbole des Universums und viel mehr als nur Buchstaben. Man ging davon aus, dass sie nicht nur Teil einer Sprache waren, sondern auch eine Möglichkeit, mit den Kräften des Universums in Verbindung zu treten. Eine unglaubliche Kraft, die der Vater aller Menschen besitzen muss, um sein Volk bestmöglich zu führen. Unter den Wurzeln von Yggdrasill, im Brunnen von Urd, lebten zahlreiche Wesen, die mit magischen Kräften und Künsten ausgestattet waren, darunter drei Mädchen, die Nornen. Sie hatten die mühsame und tödliche Aufgabe, über das Schicksal der Welt und aller Lebewesen zu entscheiden. Zu diesem Zweck schnitzten sie Runen in den Stamm von Yggdrasil, sodass der Baum sie durch das Holz in seine neun Welten projizierte und jedem Wesen sein eigenes Schicksal zuteilwerden ließ. Odin war neidisch auf die überragende

Macht der Nornen und verbrachte Stunden damit, sie dabei zu beobachten, wie sie ihr Schicksal in die heilige Asche ritzten. Er wollte mehr wissen und die Geheimnisse dieser Symbole verstehen, die niemandem erscheinen, nur ein mutiges und furchtloses Wesen kann sie lesen. Odin machte daraufhin eine Geste, die von extremem Mut und Wahnsinn zeugte: Er erhängte sich an einem der Äste von Yggdrasil und stach mit einem Speer in seinen Körper, um seine Furchtlosigkeit zu demonstrieren. Von dort aus schaute er in den Brunnen von Udr und wartete darauf, dass ihm die Runen erschienen. Er wartete neun lange Tage und Nächte lang, indem er sich an einen Ast des kosmischen Baumes hängte und stach und niemandem erlaubte, ihn zu retten oder ihm in irgendeiner Weise zu helfen. Als die letzte Nacht kam, bewegte sich etwas in den Gewässern von Udr. Die Runen präsentierten sich dem Gott, sein Opfer war nicht unbemerkt geblieben, und er war würdig, die Geheimnisse, die sie enthielten, und die Formen, die sie annahmen, zu verstehen. Odin versuchte, sich jedes Wort, jedes Bild einzuprägen, das vor ihm auftauchte, und als er sicher war, dass er alles verstanden hatte, schnitt er das Seil durch, an dem er hing, und befreite sich. Er hat nun auch die Funktionsweise und das Wissen über die Runen gelernt. Mit dieser Weisheit war er in der Lage, außergewöhnliche Kräfte fließen zu lassen, er konnte die geistigen und körperlichen Wunden derer heilen, die vor ihm standen, und er war in der Lage, in der Schlacht siegreich zu sein und die Waffen des Feindes unbrauchbar zu machen. So wurde Odin der mächtigste Gott im Kosmos.

Die Gefangennahme von Fenrir

Damals bekam die Riesin Angrboda von dem Gott Loki drei Söhne, die allesamt monströs waren und zum Teil wie Tiere aussahen. Der erste Sohn wurde Jormungand genannt. Er war eine riesige Schlange, die die Erde, Midgard, umhüllte. Die zweite war Hel, die riesige Göttin der Unterwelt und des Todes, die unangefochten in der Unterwelt herrschte. Das dritte Kind schließlich war ein monströser und grausamer Wolf, Fenrir.

Sie wussten nicht, was sie tun sollten, aber eines war sicher: Dass sie noch lebten, könnte für Asgard ein Problem darstellen, wenn sie erwachsen waren. Und die Vermutung hat sich bewahrheitet, denn am Ende der Zeit werden alle drei Kinder von Loki in Ragnarök für Dunkelheit und Chaos sorgen.

Als ersten Schritt beschlossen die Götter, die drei Brüder zu trennen und sie für immer und so weit wie möglich voneinander zu entfernen. Die Schlange Jormungand wurde von Odin nach seiner Geburt mit Abscheu ins Meer geworfen und landete auf Midgard. Seine Schwester Hel wurde in die Unterwelt geschickt, wo sie sogar Königin wurde. Bei Fenrir waren sie jedoch sehr unschlüssig, wohin sie ihn schicken sollten. Er war zu monströs, und die Prophezeiung war eindeutig: Am Ende der Zeit würde er in Ragnarök kämpfen und den Vater aller Götter töten. Sie mussten ihn unter strenger Kontrolle halten und durften ihm keine falschen Bewegungen erlauben, obwohl er bei seiner Geburt kaum mehr als ein Wolfsjunges war. Einstimmig beschlossen sie, ihn seiner Mutter zu entreißen und ihn in Asgard persönlich aufzuziehen, in der Hoffnung, dass er irgendwie seine Erlösung und seine Ehre finden würde, sobald er erwachsen ist. Der Einzige, der sich der Kreatur näherte, und sei es auch nur, um sie zu füttern, war der tapfere Kriegsgott Tyr, der Gesetzeshüter, der sich jahrelang um sie kümmerte und sie im Auge behielt. Der Wolf wuchs mit einer beeindruckenden Geschwindigkeit. Von einem kleinen Wolf bis hin zu einer riesigen und gigantischen Bestie, so sehr, dass sie nicht mehr in Asgard gehalten werden konnte, etwas Kosmisches und Unermessliches. Die Götter waren sich jedoch auch bewusst, dass sie den Wolf nicht auf die Welten loslassen konnten und dass man sich irgendwie um ihn kümmern musste, ohne ihn loszulassen. So beschlossen sie, ihn mit seinem Einverständnis in Ketten zu legen, damit er in Asgard bleibt, aber nicht fliehen oder jemandem Schaden zufügen kann. Die Götter versuchten es mit riesigen, schweren Ketten, aber der Wolf, der sich bewegte, zerbrach sie in einem Atemzug. Sie unternahmen einen zweiten Versuch, und wieder zerbrach Fenrir sie, indem er über die Schwäche ihrer Versuche und diese elenden Ketten angesichts seiner neuen Macht lachte. Für den dritten Versuch baten die Götter die Zwerge, geschickte Handwerker, um Hilfe. Mit dem Speichel eines Vogels, den Wurzeln eines Berges, dem Geräusch der Schritte einer Katze, dem Bart einer Frau und dem Atem eines Fisches konstruierten sie eine Zauberkette, die kaum mehr als eine leuchtende Schnur war. Potenziell unsichtbare und nicht existierende Dinge, die dem Gegenstand zusätzliche mystische Kraft verleihen. Die Kette wurde Gleipnir genannt, leicht und mächtig, und sie gaben sie den Göttern.

Sie gingen sofort zum Wolf und zeigten ihm das leuchtende Lasso, das in Svartalfheim, dem Reich der Zwerge, geschmiedet worden war. Der Wolf war dieses Mal nicht damit einverstanden, gefesselt zu werden, er wurde sehr misstrauisch, es waren nicht die üblichen Ketten, die ihn fesselten. Die Götter stellten ihn vor eine Herausforderung: Warum sollte ein so starkes Tier Angst davor haben, zweimal von schweren Ketten befreit zu werden, von einem leuchtenden Lasso? Fenrir sagte daraufhin, dass er als Garantie für seine Sicherheit die Hand eines Gottes in seinem Kiefer halten und sie abschneiden würde, wenn sie versuchten, ihn zu überlisten. Niemand meldete sich, um als Bürge zu fungieren. Nur einer, der mutig genug war, stimmte der Durchführung des Plans zu, und es war Tyr, der Gott des Krieges, der seinen Arm in das Maul des Wolfes steckte. Fenrir war gefesselt, und wie die Zwerge vorausgesagt hatten, hielt das verzauberte Lasso die Bestie gefangen. Je mehr er zappelte, desto fester wurde Gleipnirs Griff, sodass Fenrir völlig bewegungsunfähig wurde. Als er merkte, dass er hereingelegt worden war, biss er dem armen Tyr den Arm ab und zog ihn blutend und unter Schmerzen weg. Auf diese Weise gefesselt, wurde der Wolf von den Lebewesen weg an einen abgelegenen Ort geschickt, an einen Felsen gebunden und mit einem Schwert im Maul, damit er nicht zubeißen würde. Er heulte lange Zeit verzweifelt auf. Aus seinem offenen Mund floss Speichel, der zu Flüssen aus Schaum wurden. Dort würde er gefesselt und leidend an diesem einsamen Ort bleiben, bis Ragnarök.

Burg Utgard

Es waren einmal der Gott Thor und Loki, die im Wagen des Donnergottes reisten, der von Ziegen gezogen wurde. In der Nacht, müde von der Reise, beschlossen sie, im Haus eines einfachen Bauern zu übernachten. Um sich bei dem guten Mann für seine Gastfreundschaft zu bedanken, bot Thor ihm eine seiner Ziegen zum Abendessen an, und sie würden an diesem Abend einen guten Braten essen. Die Ziegen des Gottes waren magisch und er konnte sich selbst einer von ihnen berauben, denn sie wurden, selbst wenn sie getötet wurden, wiedergeboren und kehrten an ihren Platz vor dem Wagen zurück. Nachdem das Tier getötet worden war, befahl er dem Bauern, die Häute des Tieres zu nehmen, sie auf den Boden zu legen und schließlich die Knochen darauf zu legen, wobei er das gesamte für die Zubereitung des Abendessens benötigte Fleisch nahm.

In der Wohnung des Bauern lebten auch seine beiden Kinder, ein Junge namens Thjalfi und ein Mädchen, Roskva. Obwohl Thor vorgeschrieben hatte, wie das Fleisch seiner Ziege zu entsorgen war, nahm Thjalfi einen Knochen und saugte das gesamte Mark für sich selbst aus, legte ihn wieder zurück, als wäre nichts geschehen, und verbarg seine Tat. Am nächsten Tag nahm der Gott die Felle und Knochen zurück, um seine geliebte Ziege wiederzubeleben. Aufgrund von Thjalfis Unachtsamkeit wurde die Ziege wieder lebendig und lahmte an einem Bein. Thor fragte sofort, was genau in dieser

Nacht geschehen war, und es dauerte nicht lange, bis die Wahrheit ans Licht kam. Er war außer sich vor Wut und war kurz davor, seine gesamte Familie wegen dieser feigen und respektlosen Tat zu vernichten. Aus Angst vor dem Zorn des Gottes opferte der ältere Familienvater seine eigenen Kinder als Zeichen seiner Schlechtigkeit. Thor beruhigte sich daraufhin, legte seine Waffen nieder, nahm das Angebot der Wiedergutmachung an und ging mit Loki, mit den beiden Kindern zu Fuß weiter, wobei er die Ziege zurückließ. Die Reise ging weiter und war nicht einfach. Sie machten sich auf den Weg nach Jotunheim durch Berge und unwegsame Wälder und überquerten den riesigen Ozean, der die beiden Welten trennte. Bei Einbruch der Dunkelheit fanden sie sich in der Nähe eines großen, offenbar verlassenen Raums wieder und beschlossen, dort zu übernachten. Mitten im Schlaf wurden sie von einem starken Erdbeben wachgerüttelt. Es war tatsächlich ein Riese, der auf dem Boden lag, schlief und heftig schnarchte, so dass der ganze Boden bebte. Thor hasste die Riesen zu Tode und tötete sie. Angesichts dieser Tatsache machte er keine Ausnahme und bereitete sich darauf vor, ihn mit seinem Mjolnir auszuschalten. Zur Überraschung der Anwesenden wachte der Riese jedoch auf und lächelte sie an, froh, sie vor sich zu haben. Er stellte sich vor, sein Name sei Skrymir, und sagte ihnen, dass er sich an sie erinnere, sie kenne und sich freuen würde, mit ihnen das Land der Riesen zu erreichen. Thor stimmte zu, und der Riese schloss sich der seltsamen Gruppe an. Ein weiterer anstrengender Tag ging vorüber, und die Nacht brach wieder an. Die Gruppe suchte Schutz am Fuße eines großen Baumes. Alle ihre Habseligkeiten waren in Skrymirs Tasche verstaut worden, und als der Riese einschlief, konnte Thor sie nicht mehr öffnen und die Knoten lösen. Da er seine Sachen nicht zurückbekommen konnte, wurde Thor aus dem Nichts wütend und schleuderte daraufhin seinen Hammer gegen Skrymirs Kopf, um ihn auszuschalten. Der Riese wachte träumend auf, er hatte nichts gehört, der Hammer war ihm wie eine Feder vorgekommen, und er fragte, ob ihm ein Blatt auf den Kopf gefallen sei und seinen Schlaf gestört habe. Sie schliefen weiter, aber Thors Wut hatte sich nicht gelegt. Er beschloss, den Riesen bei Tagesanbruch zu töten. Er schlug auf die Kreatur ein, aber wieder hatte er nichts gehört und fragte, ob sich ein paar schelmische Vögel zufällig einen Spaß daraus gemacht hätten, Zweige auf ihn zu werfen. Auch dieser Tötungsversuch scheiterte kläglich, woraufhin sich der Riese von seinen Begleitern verabschiedete und beschloss, seine Reise allein fortzusetzen.

Loki und Thor gingen weiter in Richtung Utgard, einer Burg im Königreich Jotunheim. Als sie ankamen, war der Eingang verschlossen und niemand war da, um ihnen das Tor zu öffnen. Sie suchten und fanden eine Lücke in den Gittern, die groß genug war, um sich ungehindert ins Schloss schleichen zu können. Dort fanden sie sich in einem prächtigen Saal wieder, in dem Männer fröhlich feierten und tranken. Unter ihnen war auch der König dieser Behausung, der Utgarda-Loki (Loki der äußeren Umfriedung - ein Name, der ihn vom Gott Loki unterscheiden sollte) hieß. Die Bewohner dieses Königreichs waren von enormer Größe, und als sie die beiden Götter in ihrer Halle sahen, verspotteten sie sie wegen ihrer Kleinheit. Der Gott Loki nahm die Kritik an, versuchte aber, ein Zeichen zu setzen und seine Ehre zu retten, indem er ihnen sagte, dass er zwar kleiner sei als sie, aber niemand in diesem Saal könne es mit ihm aufnehmen, wenn es darum gehe, Essen zu verschlingen. Utgarda forderte ihn daraufhin heraus und freute sich über den kühnen Tonfall seiner Herausforderung. Lokis Herausforderer war Logi, einer der Anwesenden; er würde ihn zu einem gastronomischen Wettkampf herausfordern, und zu diesem Anlass war ein großer Trog mit Fleisch unter den Teilnehmern aufgestellt worden. Jeder von ihnen stand an einem Ende des Troges, und das Ziel des Wettbewerbs war es, als Erster die Mitte zu erreichen. Sie fingen an, und es dauerte nicht lange, bis die beiden, die beide sehr schnell waren, das ganze Essen weggeputzt hatten, indem sie sich in derselben Zeitspanne in der Mitte trafen. Der Gewinner wurde jedoch sorgfältig ausgewählt. Es gab zwei Unterschiede in der Spielweise der beiden Konkurrenten. Loki hatte das gesamte Fleisch vom Knochen gegessen, während Logi Fleisch, Knochen und Trog hemmungslos verschlungen hatte. Logi war der unangefochtene Sieger. Mitten in dieser Entscheidung trat der Bauernsohn Thjalfi vor und verkündete, dass niemand im Schloss schneller laufen könne als er. Wieder stimmten die Anwesenden zu, und Hugi wurde gebeten, an dem Rennen teilzunehmen, und zwar auf einer Strecke im Freien. Thalfi fuhr die gesamte Strecke und während der Herausforderer bereits in der zweiten Runde war, war er noch in der ersten Runde. Er war ihm eindeutig überlegen, aber er hat sich ihm gegenüber wirklich behauptet, ohne aufzugeben. Sie fuhren zweimal hintereinander hoch, und das Urteil war das gleiche. Hugi hat gewonnen. Schließlich sagte Thor, um auch seine Ehre zu retten, dass er einen der Anwesenden herausfordern wolle, mehr und schneller Alkohol zu trinken, auch wenn das nicht gerade zu seinen besten Fähigkeiten gehöre. Es war König Utgarda-Loki selbst, der ihn herausfordern wollte und einen Pagen zwei Hörner für den Wettbewerb mitbringen ließ. Wahre Trinker, so mahnte der König, würden das Getränk aus dem Horn in einem einzigen Schluck hinunterschlucken, annehmbare Trinker mindestens in zwei Schlucken; nur schlechte Trinker würden ihr Getränk in drei oder mehr Schlucken austrinken. Danach begann der Wettbewerb. Thor begann zu trinken, so schnell er konnte. Er trank und trank, aber als er innehielt, um zu sehen, wo er stand, stellte er verbittert fest, dass das Getränk noch voll war und er kaum zwei Finger mit dem ersten Schluck genommen hatte. Also holte er tief Luft und nahm den zweiten Schluck, aber nichts, der Alkohol war immer noch in dem Horn, drei Schlucke, vier, aber er konnte nicht alles austrinken. Am Ende hat er kläglich aufgegeben. Der Gewinner war diesmal Utgarda-Loki, der, zufrieden mit diesen Wettbewerben, beschloss, Thor erneut herauszufordern. Seine Katze musste vom Boden hochgehoben werden. Thor versuchte es, aber trotz seiner berühmten Kraft war es schier unmöglich, die Katze zu heben. Das verärgerte und erzürnte den Gott, der sich ein Rennen nach dem anderen verlieren sah. Daraufhin äußerte er wütend, dass er jemanden zu einem Kampf herausfordern wolle. Utharda-Loki erlaubte ihm, mit einer alten Frau namens Elli zu ringen, die sich über ihn lustig machen wollte, aber auch hier musste Thor eine bittere Niederlage einstecken.

Es war genug, der König beendete die Wettkämpfe und Spiele und erlaubte allen, die Nacht in seinem Schloss zu verbringen. Am nächsten Tag führte er die Gäste aus dem Schloss, bereit, ihre Reise fortzusetzen, und erzählte ihnen, was in der Nacht zuvor geschehen war. Der König war tatsächlich derselbe Skyrim, den sie Tage zuvor getroffen hatten. Er sagte ihnen, dass sie kläglich verloren hätten, weil ihre Gegner übermenschlich seien. Loki hatte sie herausgefordert, das ganze Fleisch im Trog zu essen, gegen das Feuer selbst. Thjalfi war schnell und zügig, aber er konnte einen Gedanken nicht schlagen. Thor hatte aus einem Horn getrunken, das mit dem Meer verbunden war, was es praktisch unmöglich machte, es richtig zu entleeren. Seine Katze war in Wirklichkeit die Midgardschlange, und man kann gut verstehen, dass es nicht so einfach war, sie vom Boden zu heben, eine der imposantesten monströsen Kreaturen der neun Welten. Und schließlich war die alte Frau tatsächlich die alte Frau. Utgarda sagte ihnen, dass sie niemals zu ihrer Burg zurückkehren sollten. Der empörte Thor geriet in Rage, es war der letzte Moment, um diesen unverschämten Riesen zu beseitigen, aber dieser verschwand auf magische Weise und ließ ihn wie betäubt zurück. Das Schloss selbst hatte sich in Luft aufgelöst. Der ungläubige Thor und Loki kehrten nach Asgard zurück, betrogen, enttäuscht und besiegt.

Die Göttin, die über die Frucht der Jugend wachte: die Entführung von Idun.

Die Göttin Idun hütete seit jeher eine Frucht mit magischen Kräften, die denen, die sie aßen, unbestrittene Schönheit und ewige Jugend verlieh. Die Götter waren eifrige Konsumenten. Es wird vermutet, dass es sich bei der fraglichen Frucht um einen Apfel handelte, dessen Wächter sicherlich eine der wichtigsten Gottheiten des nordischen Pantheons war. Eines Tages waren Odin, Loki und Hoenir weit weg von Asgard, weit weg von zu Hause und hungrig, nachdem sie Berge und Einöden ohne Nahrung überquert hatten. Plötzlich tauchte eine Herde grasender Ochsen vor ihnen auf. Sie fingen und töteten einen von ihnen und machten ein schönes Feuer, um ihn zu braten. Das Fleisch, das auf die Kohlen gelegt wurde, blieb jedoch lange Zeit roh, ohne sich von den Flammen garen zu lassen. Je länger es dort auf dem Feuer lag, desto mehr bemerkten die drei Götter, wie roh es blieb, ohne sich zu verändern. An einem bestimmten Punkt hörten sie von oben eine Stimme. Es war ein riesiger Adler, der auf dem Ast eines Baumes hockte. Es verriet ihnen, dass sie es war, die durch ihre Kräfte das Ochsenfleisch am Kochen hinderte, aber das Feuer es rösten ließ, solange sie die Teile des Tieres auswählte, die sie zuerst wollte. Die drei nahmen den Vorschlag des Adlers widerwillig an und begannen, sich die besten Teile des Ochsen zu nehmen. Verärgert hob der Gott Loki einen Stock auf dem Boden auf und warf ihn nach dem Adler, in der Hoffnung, ihn gut zu treffen. Der Raubvogel war schnell genug, um den Stock mit seinen Krallen zu packen, an dem Loki noch immer hing, um ihn zu schleudern, und hob ab. Loki flehte ihn an, ihn freizulassen. Der Adler gab seine wahre Identität preis. In Wirklichkeit war er ein Riese namens Thjazi und würde ihn nie frei lassen, wenn er ihm nicht die Früchte von Idun brächte.

Der Gott der Täuschung stimmte zu, und der Vogel schleuderte ihn zu Boden, mitten unter seine Gefährten. Loki erzählte ihnen nicht, was mit ihm und seinem neuen Auftrag, die Freiheit zu erhalten, geschehen war, und kehrte mit den anderen beiden nach Asgard zurück.

In Asgard machte sich der Gott Loki sofort auf die Suche nach der Göttin. Er erzählte ihr, dass er auf seiner Reise eine Frucht gefunden hatte, die tausendmal besser war als ihre eigene, die ihr so viel Ruhm und Wohlwollen eingebracht hatte, und dass sie auf der anderen Seite der Mauern des Königreichs lag. Sie würde sich selbst davon überzeugen und ihre verzauberten Früchte, mit denen des Waldes vergleichen müssen, um zu entscheiden, welche die beste war. Die Göttin stimmte zu und folgte ihm ohne zu zögern mit einer verzauberten Frucht in der Hand aus Asgard hinaus. Kaum war sie im Wald, stürzte Thjazi herab, packte sie mit seinen Klauen und brachte sie in sein Haus in Thrymheim, weit weg von Asgard mit seinen hohen, gefrorenen Türmen.

Als Idun nicht mehr zu Hause war, begannen die Götter die ersten Anzeichen und Schmerzen des Alterns zu zeigen. Ihre faltige Haut wurde immer faltiger, ihr Haar verlor seine leuchtenden Farben und wurde traurig grau. Die Energie der

Jugend, die sie stark und kraftvoll gemacht hatte, schwand. Sie versammelten sich, um zu verstehen, was geschehen war und wohin die Göttin gegangen war. Loki war der letzte, der in ihrer Gesellschaft gesehen wurde. Wütend riefen sie ihn zu sich, um genau zu erfahren, was passiert war, und drohten, die Wahrheit mit schlimmster Folter aus ihm herauszupressen. Der Gott schüttete sein Herz aus und enthüllte alles, was passiert war, wie der Adler ihn gefangen genommen und dann verlassen hatte, mit der Erpressung, ihm die heiligen Früchte der Jugend im Austausch für diese Freiheit zu geben.

Die Götter, die sich nicht im Geringsten um die Geschichte kümmerten, sagten ihm, er solle die Entführung jetzt und so schnell wie möglich wiedergutmachen. Die Göttin Freya lieh ihm ihren Mantel aus Falkenfedern, damit er sich in einen Raubvogel verwandeln und nach Jotunheim, der Welt der Riesen, fliegen konnte, wo sich auch Thjazis Heimat befand.

Als er über die Türme von Thrymheim flog, sah er dort die Göttin Idun allein. Der Riese, der sie gefangen hielt, war zum Fischen gegangen, um sein Abendessen zu holen. Dann stürzte sich Loki auf Idun und verwandelte sie in einen Würfel, den er mit seinen Klauen einfing, und gemeinsam flogen sie zurück nach Asgard. Kurz darauf kehrte der Riese nach Hause zurück und fand Idun nicht mehr vor. Wütend erkannte er, was geschehen war, und verwandelte sich in einen Adler, um Loki wütend hinterherzufliegen und sie einzuholen. Loki flog so schnell er konnte, wie ein verzweifelter Mann, bis er endlich die Mauern von Asgard erblickte. Der Adler war blitzschnell und ganz nah dran, nur einen Schritt davon entfernt, sie zu fangen. Als die Götter sie kommen sahen, entzündeten sie ein großes Feuer an der Grenze zwischen den beiden Welten, so dass Loki und Idun gerade genug Zeit hatten, die feurige Barriere zu überqueren und Thjazi auf der anderen Seite zurückzulassen, nur ein paar Zentimeter hinter ihnen.

Sobald die beiden Götter im Reich Asgard waren, loderte das Feuer schnell auf und verbrannte den Riesen in den Flammen. Er fiel zu Boden und wurde von den Göttern für seine Entführung und seine Habgier endgültig erschlagen.

Skadi wählt einen Ehemann in Asgard

Kurz nachdem der Riese, der Idun entführt hatte, getötet worden war, bereiteten die Götter ein Festmahl vor und freuten sich, sie wiederzuhaben. Doch die festliche und unbeschwerte Atmosphäre war nur von kurzer Dauer. Als die Riesin Skodi vom Tod ihres Vaters durch die Götter erfuhr, kam sie bis an die Zähne bewaffnet nach Asgard, schimpfte und bedrohte Thjazis Mörder. Die Götter versuchten, sie zu beruhigen und sanft zu behandeln, denn sie waren sich der Wut eines Riesen bewusst, und es gelang ihnen schließlich, mit ihr zu reden und eine Entschädigung für ihren Verlust zu vereinbaren. Sie haben drei Wege gefunden, um das Unrecht zu korrigieren. Zuerst nahm Odin Thjazis Augen und warf sie in den Nachthimmel, so dass sie zwei wunderschöne, helle, funkelnde Sterne wurden, so dass die Riesin ihren Vater finden konnte, wann immer sie innehielt, um den Nachthimmel zu betrachten. Der zweite Punkt war, sie zum Lachen zu bringen, um die Tränen des Schmerzes, die sie vergossen hatte, zu vertreiben. Es war nicht einfach, aber Loki, der Gott der Täuschung und der Witze, schaffte es, mit seinen Kräften etwas zu finden, das sie zum Lächeln brachte. Er nahm eine Ziege, band ihr ein Seil um die Hoden und begann, mit dem Tier Tauziehen zu spielen, wobei er beide zum Sieg zog. Als die beiden zogen, landete die Ziege in Skodis Armen und sie lachte über die lustige Szene. Als dritte und letzte Wiedergutmachung beschloss Odin, dass er Skodi, die bereits reich war und kein Interesse an Gold und Reichtum hatte, erlauben würde, sich in Asgard einen Ehemann zu suchen. Die Wahl musste blind getroffen werden, die Riesin konnte nur anhand der Schuhe der Freier entscheiden. Skadi hoffte in ihrem Herzen, den schönen und sanften Baldur zu wählen, aber ihr Geschmack fiel auf ein Paar Schuhe, die dem Gott Njord, dem Gott des Meeres, gehörten.

Die beiden heirateten in einer prächtigen und üppigen Hochzeit. Nach der Hochzeit mussten sie jedoch entscheiden, wo sie als Paar leben wollten. Njord lebte am Meer, an schönen, sonnigen Stränden. Skadi hingegen war jetzt die Königin von Thrymheim, inmitten der eisigen Türme und des Frosts, der ihr Reich bedeckte. Sie beschlossen, beide Wohnungen auszuprobieren, bevor sie sich endgültig für eine entschieden. Sie gingen zunächst in die Berge von Thrymheim, wo sie neun Tage und neun Nächte verbrachten. Am Ende dieser Zeit stiegen sie die verschneiten Berge hinab, und Njord drückte seiner Braut gegenüber seine

Enttäuschung über diesen kalten und kargen Ort aus. Er hasste die Kälte und das eindringliche Heulen der Wölfe in der Nacht, das ihn nicht aus dem Schlaf riss. Er vermisste auch die süßen Melodien des Schwans, den er in der Nähe seines Königreichs besaß. Also gingen sie nach Noatun, wo sie ebenfalls neun Tage und Nächte verbrachten, um die Umgebung zu testen. Skadi hasste das Meer und die sonnigen Strände und fühlte das gleiche Unbehagen, das ihr Mann in den Bergen empfand. Die Seevögel kreischten und waren für ihre Ohren unglaublich unangenehm und quälten sie im Schlaf. Tatsächlich konnte die Riesin in keiner der Nächte, die sie in Noatun verbrachte, schlafen. Das Paar stellte sich also gegenseitig zur Rede und beschloss, zum Wohle beider allein in ihr eigenes Haus zurückzukehren, an den Ort, an dem sie immer gelebt und geliebt hatten, und wegen dieser Ungereimtheiten in ihrem Leben endete ihre Ehe kurz darauf.

Thors Hammer

Es wird erzählt, dass der Gott Loki, der immer zu Scherzen neigte, um seine Langeweile zu vertreiben, eines Tages zur Göttin Sif, Thors Frau, ging, die für ihr wunderschönes goldenes Haar bekannt war, und es mitten in der Nacht komplett abrasierte. Als ihr Mann davon erfuhr, war er wütend und ging zu Loki und drohte ihm, ihm für seine feige Tat ein für alle Mal das Genick zu brechen. Der Gott der Täuschung bat verängstigt um Verzeihung, und um seine Reue zu zeigen, ging er in das Land der Zwerge in Svartalfheim und bat sie um ein neues Haar für die Göttin. Er überredete Thor und prophezeite ihm, dass dieses neue Haar noch schöner sein würde als das abgeschnittene. Loki machte sich auf den Weg ins Zwergenreich und ging zu den Söhnen des Zwerges Ivaldi, um Sif eine neue Frisur zu verpassen, um Thors Zorn zu besänftigen. Die Zwerge machten sich sofort an die Arbeit und taten nicht nur, was man von ihnen verlangte, sondern bauten auch ein wunderschönes verzaubertes Schiff, das robust und schnell war, immer mit dem Wind segelte und bei Bedarf in eine Tasche geschrumpft werden konnte. Sie nannten es Skidbladnir. Schließlich, immer noch nicht zufrieden, schmiedeten sie Gungnir, einen tödlichen Speer. Sie gaben Loki diese Geschenke, aber der Gott wollte nicht gehen. Er wollte sich dort unten in den Höhlen amüsieren, weit weg von Asgars Augen. Zuerst verspottete er zwei Brüder namens Sindri und Brokkr, indem er ihnen sagte, dass sie nicht so gut im Schmieden von Magie und mächtigen Gegenständen seien und dass sie es nie besser machen würden als die Söhne von Ivaldi, und er hätte sein Leben darauf verwettet, dass es ihnen an Erfindungsreichtum und Genialität fehle. Versteift nahmen Sindri und Brokkr die Provokation hin und machten sich an die Arbeit. Loki quälte sie weiter, und während sie arbeiteten, verwandelte sich der Gott in ein Insekt und stach einen der Brüder in die Hand, während er mit seinem Werkzeug beschäftigt war. Die beiden schmiedeten weiter in ihrer Schmiede und holten später "Gullinbursti" aus den Flammen. Es war ein magisches Wildschwein mit goldenen, leuchtenden Borsten, es lief schneller als jedes Pferd, seine Mähne leuchtete in der Nacht und erhellte die Straße, es konnte sogar auf dem Wasser laufen und den Himmel überqueren. Stolz machten sie sich wieder an die Arbeit, und Loki belästigte sie immer noch, indem er den anderen Bruder in den Nacken stieß. Sie legten unbeirrt mehr Gold auf das Feuer und schmiedeten diesmal einen magischen Draupnir-Ring, der in einer Nacht acht weitere goldene Ringe herstellen und seinen künftigen Besitzer reich machen konnte. Sie fuhren mit der dritten und letzten Schöpfung fort, um sich der Herausforderung von Loki zu stellen, der sie in der Zwischenzeit weiter mit seinem Stachel quälte, damit die beiden Zwerge die Wette verlieren würden. Er stach Brokkr ins Auge, so dass er auf dieser Seite nicht mehr sehen konnte. Sindri setzte ihre Arbeit fort, bis sie den mächtigsten und prächtigsten Hammer gebar, der jemals im gesamten Universum geschaffen wurde. Er verfehlt nie sein Ziel und lässt seinen Besitzer nie unbewaffnet zurück, und wenn er auf den Feind geworfen wird, kehrt er schnell in dessen Hände zurück. Ein kleines Manko störte den Zwerg: Der Griff war zu kurz, aber er war noch gut zu gebrauchen. Er gab ihm den Namen Mjolnir und zusammen mit seinem Bruder gingen die beiden Zwerge zum Tor von Asgard, in der Erwartung einer großzügigen Belohnung für ihre Leistung. Loki kehrte auch mit allen Schöpfungen nach Asgard zurück, er gab Sif das Haar, das er ihr versprochen hatte, Thor den wunderbaren Hammer, Odin den goldenen Ring und den Speer, Frey das verzauberte Wildschwein und das Schiff mit magischen Kräften. Die Götter waren sehr dankbar und glücklich über diese schönen Geschenke, vor allem über Mjolnir, Thors neuen Hammer. Doch wie der ursprüngliche Pakt besagte, hatte Loki seinen Kopf verwettet, dass die beiden Zwerge nicht in der Lage sein würden, etwas Besseres zu schaffen als ihre früheren Brüder, und dieser Pakt musste eingehalten werden. So gingen die Zwerge mit gezückten Dolchen auf Loki zu, bereit, ihm den Kopf abzuschlagen. Sie waren großzügig und stimmten nur zu, ihm auf seine Provokation hin den Mund zuzunähen und zu den Schmieden von Svartalfheim zurückzukehren.

Der Metkessel

Vor langer Zeit beschlossen die Götter ausnahmsweise, dass sie mit den Riesen Aegir und Ran ein gemeinsames Festmahl veranstalten wollten, da sie im Gegensatz zu den anderen Riesen immer wohlwollend und freundlich zu ihnen gewesen waren. Um sie einzuladen, mussten sie einen Kessel finden, der groß genug war, um den Met zuzubereiten, der nötig war, um den Durst aller zum großen Festmahl geladenen Gäste zu löschen. Die Götter wussten zwar, wo sie es bekommen konnten, aber es war nicht einfach. Der fragliche Kessel gehörte Hymir, einem Riesen, der schon immer mit Asgard verfeindet war. Der tapfere Gott Thor, der es gewohnt war, mit Riesen umzugehen und gleichzeitig als Verteidiger der Barriere zu arbeiten, meldete sich freiwillig, um den riesigen Kessel von Hymir zu holen. Als der Gott an die Tür klopfte, empfing ihn der Riese und schlachtete drei Ochsen, damit er für seinen gesamten dreitägigen Aufenthalt genug zu essen hatte. Der Gott Thor war tatsächlich sehr hungrig und verschlang die ersten beiden Ochsen am ersten Abend seiner Ankunft. Diese Völlerei verärgerte den Riesen, der ihm sagte, dass sie am nächsten Tag fischen gehen würden, um mehr zu essen. Hymir sagte zu Thor, er solle gehen und einen guten Fischköder besorgen und sich bei Tagesanbruch wieder treffen. Da der Gott nicht wusste, wo er einen geeigneten Köder finden sollte, ging er zu den Feldern des Riesen, tötete einen weiteren Ochsen und sagte dem Besitzer, dass er ihn als Köder verwenden würde. Der Riese kochte weiter vor Wut über jede Ungerechtigkeit, die der Gott in seinem Haus beging. Er sagte nichts, denn wie versprochen, würde der starke Thor ihm helfen, Fisch zu bekommen. Sie bestiegen ein Boot und segelten los, Thor am Heck, und erreichten die übliche Stelle, an der der Riese zu fischen pflegte. Nach kurzer Zeit war Hymir überglücklich und schaffte es, zwei Wale an den Haken zu bekommen, die er an seiner Leine festhielt. Thor begann jedoch, sich weiter vom Festland zu entfernen, ruderte weiter und erschreckte den Riesen, der nicht verstand, was er jetzt vorhatte; auch weil es an diesen Orten, weit weg vom Festland, sehr wahrscheinlich war, auf Jormungand zu treffen, die böse Schlange, die in den Abgründen lebte und die Erde umgab. Thor beruhigte ihn und ruderte weiter, wählte eine Stelle im offenen Meer und legte seinen Köder aus. Ringsum herrschte Stille, als sich die Leine rasant in Bewegung setzte. Thor versuchte, sie mit Gewalt einzuholen, das Boot bewegte sich gefährlich und die Wellen brachen von allen Seiten. Hymir erbleichte und wurde sich bewusst, was geschah: Die Schlange hatte den Köder an seiner Leine angenommen. Mit den Füßen fest auf dem Boot stehend, nahm Thor seine ganze Kraft zusammen und zog das Tier an Land. Der Kopf der Schlange ragte auf erschreckende Weise aus dem Wasser und spuckte dunkles Gift. Der in Panik geratene Riese kappte diese Leine, um das Monster loszuwerden. Sobald Jormungand spürte, dass er befreit war, tauchte er zurück ins Meer und kehrte in seine Heimat zurück. Erzürnt über sein unüberlegtes Handeln warf Thor Hymir ins Meer, damit die Schlange ihn mit sich riss. Und so war es auch. Der Gott allein nahm die beiden Wale, die der Riese gefangen hatte, und kehrte auf das Festland zurück. Er ging zu Hymirs Haus, holte den großen Kessel und trug ihn nach Asgard, wo das große Festmahl zwischen den Göttern und ihren riesigen Freunden endlich stattfinden konnte.

Der große Krieg zwischen den beiden Völkern Aesir und Vanir

Wie die großen Sagen berichten, soll die Göttin Freya den magischen Künsten geweiht gewesen sein und seidr, die nordische Magie, praktiziert haben; eine sehr mächtige Art der Verzauberung, die je nach Absicht des Anwenders entweder zerstörerisch oder wohlwollend wirkt. Wie alle anderen Zauberer, die diese Form der Magie erlernt hatten, reiste sie durch Städte und Dörfer und bot ihre Leistungen als Arbeit an, um dafür belohnt zu werden. Einst nahm sie den Namen Heior an und ging zu den Äsir von Asgard. Von ihrer Magie verzaubert, überhäuften sie sie mit allen möglichen Anfragen. Die Göttin hörte ihnen einen nach dem anderen zu und bemerkte, wie die Götter ihre Tapferkeit, ihre Ehre und ihre Loyalität gegenüber Freunden und Familie im Tausch gegen einen Zauber zu ihren Gunsten verkauften oder andere völlig vergaßen und nur ihren eigenen Egoismus nährten. Sie wies darauf hin, was mit ihnen geschah und welche Schwächen sie offenbarten. Daraufhin nannten die Asen sie eine Hexe und Zauberin, die gierig nach Gold war, gaben ihr den Spitznamen Gullveig (die, die Gold begehrt) und beschlossen, sie auf einen Scheiterhaufen zu legen und zu verbrennen. Freya jedoch überlebte jedes Mal, wenn die Götter sie in Brand setzten, unbeschadet. Dies geschah dreimal. Die Göttin wurde pünktlich aus ihrer Asche wiedergeboren.

Die Vanir erfuhren von der versuchten Ermordung ihrer geliebten Freya, was die Beziehungen zwischen den beiden Familien jäh zerstörte. Die Asen hatten sich als feige, arrogant und von der Macht verblendet erwiesen. Der Hass wuchs weiter, während jede Familie ihr eigenes Leben führte, bis er schließlich in einem Krieg ausartete. Die Vanir griffen die Aesir an, indem sie die Magie einsetzten, die sie auszeichnete. Die Asen, denen diese Fähigkeit fehlte, bevorzugten den traditionellen Kampf, denn sie waren stark und mächtig im Nahkampf und im Gebrauch von Waffen.

Es war ein Krieg, der lange, lange Zeit andauerte. Jeder traf den anderen an seinem schwächsten Punkt. Erst nach Jahren begannen sie, erschöpft vom Chaos und den plötzlichen Kämpfen, die Möglichkeit eines Waffenstillstands zu sehen. So kamen die beiden Stämme zusammen, um einen Waffenstillstand zu schließen. Die germanische Tradition sah vor, dass die beiden Stämme einige ihrer Mitglieder als Geiseln austauschen sollten, damit der Waffenstillstand von beiden Seiten respektiert werden konnte.

Und so wurde es gemacht. Hoenir und Mimir gingen in die Familie der Vanir über, und Njord und seine beiden Söhne

Freya und Freyr gingen in den Stamm der Aesir über, wo sie friedlich lebten und zu berühmten und angesehenen Göttern wurden. Hoenir und Mimir wurden nicht so gut angenommen, sie galten als nutzlos. Vor allem, weil Mimir ohne die Anwesenheit seines Begleiters weder zu sprechen noch Entscheidungen zu treffen schien. Und zu allem Überfluss war Hoenir nicht voller Weisheit oder Ratschläge, die für den Stamm der Vanir geeignet waren. Er riet immer anderen, Entscheidungen zu treffen und nicht ihm, obwohl er von den Asgardianern als fähiger und weiser Ratgeber dargestellt worden war. Dieser Austausch war völlig ungleich zu den Geiseln, die die Asen erhielten; die Vanir schlugen daraufhin Mimirs Kopf ab und schickten ihn zurück nach Asgard.

Odin war untröstlich über den Verlust und versuchte, den Leichnam mit Magie wieder zusammenzusetzen und ihn mit Kräutern zum Einbalsamieren zu bedecken. Normalerweise hätte dies einen weiteren Krieg ausgelöst, aber die Stämme waren müde und überlegten diesmal genau. Um die Ursache dieser Tat zu beheben, spuckten die Asen einen nach dem anderen in einen großen Kessel und erschufen Kvasir, das weiseste Wesen des Kosmos, um Mimirs unerfüllte Rolle zu übernehmen.

Die Mauer von Asgard

Asgard war die Heimat der Götter schlechthin, stets geschützt und befestigt, und wichtige Mauern hatten es viele Jahre lang umgeben. Die Geschichte besagt, dass ein Riese, genauer gesagt ein Schmied, in die Stadt kam und die Götter fragte, ob sie wollen, dass er starke Mauern baut, um das

Königreich zu schützen. Die Götter beauftragten ihn, eine sehr hohe Mauer zu bauen, die von keinem Feind überquert werden konnte und die sie gleichzeitig vor jedem Angriff schützen würde. Der Riese willigte ein, machte aber sofort klar, dass diese Arbeit nicht billig sein würde, da sie ihn mindestens drei Saisons seiner Zeit und Arbeit kosten würde. Im Gegenzug bat er um die Sonne und den Mond sowie um die Hand der schönen Göttin Freya als Gegenleistung für seine Dienste.

Die Asen versammelten sich zur Beratung. Freya war überhaupt nicht bereit, den Riesen zu heiraten, geschweige denn, ihm die volle Entschädigung zu zahlen, die er gefordert hatte. Da hatte Loki, der Gott der Täuschung, eine Idee. Der Schmied würde bekommen, worum er gebeten hatte, solange er die Arbeit in einem einzigen Winter und ohne die Hilfe von jemandem außer seinem Pferd erledigte. Der Stamm diskutierte die Idee erneut, und schließlich hielten sie sie für eine gute Option. Sie wollten weder die Sterne noch ihre Freya aufgeben, und so schien es eine unmögliche Aufgabe, diese wichtige Arbeit in so kurzer Zeit und ohne Hilfe zu erledigen. Sie erzählten es dem Riesen, und ohne mit der Wimper zu zucken, stimmte er zu ihrer Überraschung zu, unter der Bedingung, dass sie schworen, die Vereinbarung einzuhalten, wenn er die Mauer in der vereinbarten Zeit und auf die vereinbarte Weise fertigstellte. Außerdem würden sie ihm während seines gesamten Aufenthalts in Asgard Schutz gewähren.

Dann begann der Riese mit seiner Arbeit. Er kam sicher und schnell voran, und seine Wachsamkeit und Schnelligkeit begannen die Götter zu beunruhigen. Sein Pferd Svadilfari half ihm auf beeindruckende Weise beim Bau, war sogar schneller als sein eigener Herr, trug schweres Material und legte weite Strecken auf der Mauer hinauf und hinunter. Der Winter verging, es waren nur noch wenige Tage übrig, und die Festung war fast fertig. Sie war stark, hoch und undurchdringlich. Es fehlten nur noch ein paar Steine, die das Eingangstor umgaben. Die noch mehr beunruhigten Götter gingen zu Loki, wütend über den törichten Rat, dem sie zugestimmt hatten, und drohten ihm, dass es ihn das Leben kosten würde, wenn er nicht einen Weg fände, das Werk des Riesen aufzuhalten, die Sonne und den Mond und die Hand der Göttin Freya zu retten. Loki flehte wie üblich um sein Leben und erklärte sich bereit, einen Weg zu finden, um zu verhindern, dass die Forderungen des Riesen erfüllt werden.

Noch in derselben Nacht ritten der Riese und sein verzaubertes Pferd in den verschneiten Wald, um Steine und die letzten Materialien für die Fertigstellung des Werks zu suchen. Dort entdeckten sie eine wunderschöne Stute, die in Wirklichkeit der gerissene und hinterlistige Loki war, in Verkleidung. Sie biss aus der Ferne liebevoll zu, und das Pferd des Schmieds verlor völlig die Konzentration, angezogen von der Stute, die ihn provozierte. Der Hengst jagte sie die ganze Nacht lang durch den Wald, voller Verlangen, sie zu seiner zu machen, und entfernte sich völlig von seinem Herrn, der nach Asgard zurückkehrte. Am nächsten Morgen war das Pferd nicht mehr da, weg. Der Schmied begann sich Sorgen zu machen, denn er wusste, dass es sehr schwierig, wenn nicht gar unmöglich war, diese schwere Arbeit allein in der vorgegebenen Zeit zu erledigen. Und in der Tat war er ohne das Pferd nicht in der Lage, die Arbeit zu vollenden. Daraufhin nahm der Gott Thor seinen Hammer und schleuderte ihn auf den Kopf des Riesen, um ihn für sein überhebliches Ansinnen zu bestrafen, und zerschlug ihn zu Staub. Mitten im verschneiten Wald erreichte Svadilfari schließlich die Stute, die er die ganze Nacht verfolgt und ersehnt hatte, und sie paarten sich sogar, obwohl sie der Gott Loki war. Aus dieser unheiligen Tat wurde jedoch ein prächtiges graues sechsbeiniges Fohlen namens Sleipnir geboren. Er sollte das berühmte und sehr schnelle Pferd des Gottes Odin werden.

Das Verschwinden von Mjolnir

Es wird erzählt, dass der tapfere Gott Thor eines Morgens aufwachte und den gewaltigen Hammer Mjolnir nicht mehr an seiner Seite fand. Er begann, überall danach zu suchen, denn er konnte nicht ohne ihn ausgehen, auch weil er ohne diese Waffe den Angriffen der Feinde schutzlos ausgeliefert gewesen wäre und Asgard nicht vor den Riesen hätte schützen können. Er durchsuchte jeden einzelnen Ort in Asgard, aber nichts, er konnte ihn nicht finden, der Hammer war weg. Der Gott Loki sah ihn verzweifelt suchen und bot ihm seine Hilfe an. Er sagte ihm, dass die Waffe, wenn sie nicht in Asgard und nirgendwo anders sei, von den Riesen, Thors Hauptfeind, heimlich gestohlen worden sein könnte. Freya gab Loki ihren gefiederten Mantel, damit er sich in einen Falken verwandeln und noch intensiver suchen konnte.

Er verwandelte sich in einen Raubvogel und begab sich zum Haus der Riesen in Jotunheim. Sobald er gelandet war, zeigte er seine wahre Präsenz und bat darum, mit Thrym, dem König der Riesen, zu sprechen, um ihn über das Verschwinden von Mjolnir zu befragen. Zu seiner großen Überraschung enthüllte Thrym, dass er es war, der Thor den verzauberten Hammer abgenommen hatte und dass er ihn meilenweit unter der Erde vergraben hatte, damit er ihn nicht finden würde. Er würde es nur zurückgeben, wenn die Götter von Asgard ihm erlauben würden, die schöne Göttin Freya zu heiraten. Der Gott Loki kehrte daraufhin zu den Asen zurück und stellte die Bedingungen des Riesen für die Rückgabe von Mjolnir. Die Götter waren wütend über diese Bitte, denn sie hatten nicht die Absicht, ihm ihre Freya zur Frau zu geben. Sie kamen im Rat zusammen, um so schnell wie möglich eine Lösung zu finden. Heimdall kam mit einer Idee nach vorne. Er erklärte, dass es einfallsreich wäre, wenn der Gott Thor sich als Freya verkleiden würde, um in die Welt der Riesen in Jotunheim zu reisen und den Bauerntölpeln selbst seinen Hammer zu stehlen, damit sie ihren Diebstahl und ihre hinterhältigen Forderungen bitter bereuen. Die Idee gefiel Thor jedoch nicht, er war empört - sich als Frau zu verkleiden, war undenkbar für einen so tapferen und starken Gott wie ihn. In Asgard wäre er in dieser Aufmachung bis in alle Ewigkeit ein Gespött gewesen. Der Gott Loki ließ ihn glauben, dass Asgard überhaupt nicht mehr existieren würde, wenn die Riesen Freya heirateten und mit der Zeit, wenn sie ihn der einzigen Waffe berauben, die sie fernhalten könnte, das gesamte Reich der Götter erobern würden. Diese tragische

Aussicht überzeugte Thor davon, seine Meinung zu ändern und sich bis zum Schluss zu opfern, um Mjolnir zurückzuerobern. Die Götter fanden ein Hochzeitskleid für den Gott, um ihn so gut wie möglich Freya aussehen zu lassen, die ins Reich der Riesen gegangen war, um zur Frau genommen zu werden, und sorgten für alle Details, damit sie in jeder Hinsicht wie eine schöne Göttin, eine Königin, aussah. Sie warfen einen Schleier vom Hochzeitskleid über ihr Gesicht, um Thors wahre Identität zu verbergen. Voll bekleidet bot Loki ihm an, ihn in Thors eigenem magischen Ziegenwagen nach Jotunheim zu begleiten. Im Reich der Riesen angekommen, ging Thrym selbst voran. Er wusste, dass sie mit der Antwort ankommen würden und wartete auf sie. Der Riese war von der Schönheit der bezaubernden Göttin vor seinen Wagen völlig hingerissen und verzaubert. Freya stand in ihrem Königreich als Braut und Königin gekleidet vor ihm, und er dachte, seine Bitte würde endlich erfüllt werden. Sie wurden hereingebeten und es wurde ein Bankett vorbereitet. Thor und Loki waren in dieser Nacht in Gefahr, entdeckt zu werden. Vor allem Thor, der für seinen unstillbaren Hunger bekannt ist, verschlang nacheinander acht Lachse und all die fabelhaften Gerichte, die die große Tafel zu bieten hatte, ganz zu schweigen vom Met, den er fassweise und ohne Unterlass trank. Dieser verdächtige und unstillbare Appetit gefährdete seine Identität. Thrym konnte nichts anderes tun, als die Gier zu beobachten, mit der seine zukünftige Braut jeden Gang verschlang, er hatte noch nie ein Mädchen gesehen, das so viel im Laufe einer Mahlzeit verschlang. Loki erzählte ihm, dass die arme Freya eine

Woche lang nichts gegessen hatte, um sich auf die Hochzeit vorzubereiten, dass sie vor Liebe und Leidenschaft für Thrym brannte und an nichts anderes denken konnte als an ihn. Zufrieden akzeptierte der Riese Lokis Erklärung als gut und näherte sich seiner Braut, um sie zu küssen. Er lüftete seinen Schleier und sah die Augen des Gottes Thor, die ihn anschauten. Er bemerkte die Verkleidung nicht, da sein Gesicht immer noch von dem Schleier verdeckt war, sondern bemerkte nur, dass es nicht Freyas sanfte, träge Augen waren, sondern stechende, furchterregende. Loki versuchte zu retten, was zu retten war, und erklärte, dass die arme Freya in jenen Tagen nichts hatte essen können, dass sie nicht einmal in der Lage gewesen war, sich auszuruhen oder die Augen zu schließen, und dass ihr Blick nun erschreckend müde und ungewohnt für ihr sonst so göttliches Aussehen war. Thrym war immer noch bereit, die Antwort des Gottes für bare Münze zu nehmen, ohne groß darüber nachzudenken, und begann mit der eigentlichen Hochzeitszeremonie. Wie vereinbart, stieg der König der Riesen hinab, um Mjolnir zu holen, den er vor einiger Zeit versteckt hatte, damit der Tausch besiegelt werden konnte: Thors Hammer im Tausch gegen Freyas Hand. Er legte ihn auf den Schoß seiner zukünftigen Frau, noch immer ohne seine wahre Identität zu kennen und ohne zu ahnen, was passieren würde. Der Gott Thor nahm den Hammer und zerschlug den diebischen Thrym ein für alle Mal. Das reichte ihm nicht, er nahm allen Anwesenden bei der Zeremonie das Leben, keiner der Gäste überlebte, danach zog er seine absurde Verkleidung aus und kehrte mit seinem Mjolnir nach Asgard zurück, wobei er darauf achtete, sich in seiner üblichen respektablen Kleidung zu präsentieren, bevor er zurückkehrte.

Der Riese Hrungnir fordert Asgard heraus

Von allen Riesen, die es einst gab, war Hrungnir wahrscheinlich der wildeste und gefährlichste. Eines Morgens kam der Göttervater Odin in die Welt der Riesen in Jotunheim, in der Nähe seiner Heimat, ohne genau zu wissen, wer er war. Er hatte ihn noch nie gesehen, wusste aber sicher, dass er ihn herausfordern wollte, und das tat er auch. Odin verwettete seinen Kopf, dass keines seiner mächtigen Pferde, für die er berühmt war, in der Lage sein würde, ihn an Geschwindigkeit zu übertreffen. Der empörte Riese nahm die Herausforderung in vollem Umfang an und bestieg sein Gullfaxi. Sie flogen über Hügel und Wälder, durchschnitten dichte Bäume und Wolken. Ohne es zu merken, flog er ständig hinter dem Gott her und erkannte, dass er in das Reich Asgard eingedrungen war, aber Odin und seinen Sleipnir noch nicht überholt oder erreicht hatte. Als die Götter sie ankommen sahen, luden sie sie zu ihrem Festmahl ein und boten ihnen ein Getränk an, auch dem Riesen, der es gerne annahm. Hrungnir begann sich zu betrinken, und streitlustig und aufgeblasen wie er war, drohte er inmitten aller Götter großspurig, dass er sie alle auslöschen könne, wenn er wolle, und dass er nur die beiden schönen Göttinnen Freya und Sif verschonen würde. Freya hörte seinen weitschweifigen Reden nicht weiter zu und goss nach Belieben Met in ihren Becher. Das Festmahl ging weiter, und irgendwann kam der Riese mit einer neuen Herausforderung: Er wollte den Met aus allen Krügen trinken und alle Gäste auf dem Trockenen sitzen lassen. Die Götter begannen, sich über diesen betrunkenen, trotzigen Riesen zu ärgern, und jemand rief den Gott Thor, um der Sache ein Ende zu setzen. Als Thor die Halle erreichte und bemerkte, wie der neue Gast die Hausherren ärgerte und provozierte, beschloss er, den Riesen sofort zu entfernen. Unzufrieden mit dem, was er bis dahin gesagt und getan hatte, verspottete Hrungnir den tapferen Gott ebenfalls, nannte ihn einen Feigling und bezeichnete ihn als Feigling, weil er einen unbewaffneten Gast geschlagen hatte. Daraufhin einigten sich die beiden und forderten sich zu einem Zweikampf heraus, der im Reich der Riesen auf einem großen Feld in der Nähe von Jotunheim stattfand. Hrungnir erschien mit seiner steinernen Rüstung und seinem Schild. Seine Lieblingswaffe, ebenfalls aus Stein, wurde geschärft und er bereitete sich auf den Kampf vor. Auch Thor kam, begleitet von Blitzen und Donner, und das Duell begann. Der Gott des Donners schleuderte seinen mächtigen Hammer auf den Riesen. Der Riese tat dasselbe mit seiner Waffe und schlug ihm mit voller Wucht auf den Kopf, aber der Stein zerbrach in viele klägliche Stücke. Man nimmt an, dass aus diesen Kieselsteinen der Feuerstein entstand, mit dem die Straßen Midgards bedeckt sind. Sleipnir hingegen schlug mit seinem verzauberten Hammer auf den Kopf des Riesen und zertrümmerte ihn in Stücke. Ein kleiner Steinsplitter steckte jedoch in Thors Stirn und ließ sich nicht herausziehen. Thor musste eine Zauberin namens Groa um Hilfe bitten. Mit ihren Gesängen und magischen Ritualen brachte sie den Splitter in Bewegung und ermutigte ihn, sich aus dem Kopf des Gottes zu lösen. Während sie mit ihrem Zauber beschäftigt war, lenkte Thor sie ab, indem er ihr erzählte, er habe seinen Gefährten gesehen, der sich verirrt habe, aber bald zu ihr zurückkehren werde. Die Zauberin, die von ihren Gefühlen überwältigt war, war nicht in der Lage, den Ritus durchzuführen, und der Stein blieb erneut in Thors Stirn stecken. Es heißt, dass der Gott bis zum Ende der Zeit in Ragnarök mit dem Stein blieb.

Das Ende von allem: Ragnarök

Wie viele andere Religionen glaubten auch die Norweger an das bevorstehende Ende des Kosmos, wie wir ihn kennen. Was wir als Apokalypse bezeichnen würden, war für sie Ragnarök, der völlige Untergang des Universums. Ragnarök war eher eine Prophezeiung, eine traurige Geschichte, die früher oder später eintreten würde. Es würde kommen, wenn die Nornen, die Göttinnen, die den Faden des Lebens weben, es so beschlossen.

Am Anfang stand der Winter mit seinem Frost, etwas Stärkeres und Geheimnisvolleres, das man bis dahin nicht kannte. Überall fiel Schnee, getrieben von eisigen, quälenden Winden. Die Atmosphäre wäre so dick, stachelig und gefroren, dass die Sonnenstrahlen sie nicht durchdringen könnten. Diese ungewöhnliche Jahreszeit würde drei Winter dauern, ohne eine Sommerpause. Alles würde gefrieren, die Sonne könnte die Welt nicht mehr erwärmen. Die Menschen würden in Verzweiflung und Schmerz fallen. Nahrung und Wasser würden knapp, und das Gemeinschaftsrecht des

Menschen würde fallen, um das Überleben des Einzelnen zu sichern. Es gäbe keinen Platz mehr für Ethik und Moral.

Die beiden Bestien, die schon immer den Sternen folgten, Skoll und Hati, würden in der Lage sein, die Sonne und den Mond zu ergreifen und sie zu zerstören. Der Himmel würde düster werden, völlig dunkel und ohne Licht. Der Baum der Welt, Yggdrasil, würde untergehen. Bei seinem Beben würden die Berge einstürzen und mit ihnen alle Bäume und Wälder, sodass eine endlose, karge Weite zurückbliebe, auf der der letzte Kampf um die Rettung des Kosmos ausgetragen würde. Lokis gefräßiger Wolfssohn Fenrir würde sich von den Ketten befreien, die ihn so viele Jahre lang gefangen hielten. Mit brennenden Augen und Nasenlöchern, himmelwärts gerichteten Kiefern und einem Schwanz, der nach dem Boden greift, verschlingt er alles, was ihm begegnet. Jormungand, ein weiterer teuflischer Sohn des Gottes der Täuschung, würde sich aus den Tiefen des Ozeans erheben, in dem er wohnte, und das Land überfluten und die Ozeane mit noch nie dagewesener und beängstigender Kraft erschüttern. Er würde Gift in die Gewässer und auf den Boden spucken und die Atmosphäre und alles, was man einatmen kann, vergiften. Alles würde dann durch die Bewegung der großen Ozeane überflutet und überschwemmt werden. Das Szenario hätte die Aufmerksamkeit von Naglfar, dem Segelschiff der Toten, das aus den Zehennägeln von Leichen gefertigt ist, geweckt und es wäre aus den Verankerungen aufgetaucht, in denen es lange gestrandet war. Da das Land von Wasser bedeckt war, konnte es nach Belieben weit und breit segeln. An Bord eine Handvoll Riesen, angeführt von demselben Loki, der so lange auf die Rückkehr des Chaos gewartet hatte, um sich von der Strafe zu befreien, die Thor ihm in der Höhle auferlegt hatte. Der Himmel wird sich zu einer Kuppel öffnen und von dort werden die Feuerriesen von Muspelheim, angeführt von Surt, herabsteigen. Der Anführer mit dem mächtigsten Feuerschwert, das je geschmiedet wurde, in Flammen gehüllt und schillernder als die Sonne. Die Riesen würden Asgard über den Bifrost, die Regenbogenbrücke, erreichen, die sich dann beim Passieren auflösen und keine Spuren hinterlassen würde. Als Heimdall, der Wächter Asgards, sie kommen sah, blies er das mächtigste Horn, um zu verkünden, dass das lang gefürchtete Ragnarök gekommen war. Odin würde sich an Mimir, den Weisesten, wenden, um zu entscheiden, wie er handeln sollte. Alle Aesir werden trotzdem in die Schlacht ziehen. Der Kriegsschauplatz würde Vigrid heißen, hier würden sie gegen ihre ewigen Feinde, die Anhänger des Chaos, antreten. Der Prophezeiung zufolge wird Fenrir schließlich auf den Vater aller Götter treffen, unterstützt von den Einherjar, den tapferen menschlichen Kriegern, die Odin selbst nach ihrem Tod nach Walhalla gebracht hatte. Gemeinsam werden sie mit Ehre, Kraft und Gerechtigkeit kämpfen. Doch das Schicksal des Gottes ist bereits besiegelt. Er würde durch die Hand des Wolfs, des Sohnes von Loki, sterben, der die Armee und Odin selbst mit seinem Rachen verschlingen würde.

Vidar, Odins Sohn, war so wütend, dass er losrannte, um den Tod seines Vaters zu rächen. Er trat dem Wolf das Maul weit auf, und dank seiner kräftigen Schuhe gelang es ihm, das

Maul offenzuhalten, so dunkel wie ein Abgrund, und dort stach er dem teuflischen Wolf direkt in die Kehle, eine Wunde, die ihn noch jahrelang zerreißen sollte, bis er schließlich an den Schmerzen starb.

Ein weiterer Wolf würde in Ragnarök agieren, es war Garm, der dazu bestimmt war, den Kriegsgott Tyr anzugreifen. Beide würden aufeinanderprallen und sich gegenseitig töten. Das gleiche Schicksal ereilte Loki und Heimdall, die die Prophezeiung und ihr Leben beenden würden, einer durch die Hand des anderen. Und dies war das endgültige Ende des Gottes der Täuschung.

Der Riese Surt hingegen, Anführer der Riesen, die von der Regenbogenbrücke herabstiegen, um Asgard anzugreifen, wurde von dem Gott Freyr aus dem Geschlecht der Vanir konfrontiert. Jormungand hingegen, die majestätische und grimmige Schlange, die die Welt umgibt, wäre Thors prädestinierter Gegner gewesen. Mit seinem Hammer schlug er ihn wiederholt zu Tode, bis er unter den harten Schlägen des Gottes aufbrach. In der Zwischenzeit verteidigte sich die Schlange jedoch mit ihrem tödlichen Gift, spuckte es überall hin und schaffte es schließlich sogar, ihren eigenen Gegner zu treffen, der noch ein paar Schritte machen konnte, bevor er leblos am Boden lag. Und so würde das Wasser die Welt endgültig überschwemmen. Alles würde zerstört werden. Die Leere, die schon immer da war, würde übermächtig und schweigend herrschen. Was zu Beginn des Kampfes zwischen Muspelheim und Niflheim, den Königreichen des Feuers und des Eises, geboren wurde, würde verloren gehen und nichts würde wieder aufgebaut werden. Dem Mythos zufolge ist Ragnarök das Ende von allem. Danach wird nichts mehr kommen.

Nach anderen Versionen wird es jedoch eine neue Welt, ein neues Zeitalter geben, und die Überlebenden des Endes werden es bewohnen können. Zu ihnen zählt der nordische Mythos: Modi und Magni, die Söhne Thors, und Vali, der Sohn Odins, sowie die letzten überlebenden Menschen, ein Mann und eine Frau, Lif und Lifthrasir, die sich in den Wäldern von Hoddmimir vor Ragnarök verstecken konnten.

Das Leben auf der Erde wird wieder auferstehen, und auch im Himmel wird ein neuer Anfang gemacht werden. Der von den Wölfen verschlungene Sonnenstern wird durch seine Tochter ersetzt, die neues Licht und neue Wärme auf die Erde strahlt, und ein neuer Herrscher wird über die Welt der Menschen und Götter herrschen, dessen Namen wir leider nicht kennen, der aber Odins Platz einnehmen wird.

Man nimmt an, dass diese Version der Wiedergeburt und Erlösung in gewisser Weise auf die bevorstehende christliche Lehre zurückzuführen ist, die nach der Apokalypse eine neue Welt, ein ewiges Paradies vorsieht. Trotzdem ist der Mythos von Ragnarök den nordischen Völkern sehr wichtig, insbesondere in Norwegen, wo geliebte Wesen und Gottheiten bis zum Tod gegeneinander kämpfen und ihr Leben opfern, um die Dunkelheit zu bekämpfen. Für die Wikinger ist die Geschichte, auch wenn sie tragisch erscheinen mag, ein entscheidender Punkt der Hoffnung und Inspiration. Es zeigte, dass die Götter selbst sterblich waren und früher oder später an Schmerz, Leid, Krieg und Tod zugrunde gehen würden, genau wie die Menschen, die sie verehrten. Doch angesichts der Angst, der Schwierigkeiten des Lebens und des Schicksals ließen sich die Götter nicht unterkriegen und kämpften ehrenvoll und erhobenen Hauptes bis zum Ende.

Schlussfolgerung

Wir haben das Ende dieser Reise erreicht. Wir haben die Welt der Götter, der Riesen, der Zwerge und der Elfen betreten. Wir erfuhren ihre Geschichten, wie sie lebten und sich verhielten. Wir sahen die furchterregenden Kreaturen, die den alten Kosmos bevölkerten, ihre Geburt und oft auch ihren Tod. Wir erfuhren mehr über die Asen und Vanen, die über die Welt herrschten, und dass sie, obwohl sie himmlische Wesen waren, im Herzen den Menschen sehr ähnlich waren. Tapferkeit, Ehre, Gerechtigkeit, Mut. Die ethischen Grundlagen, auf die sich die wunderbare und faszinierende nordische Mythologie stützt. Wir hoffen, dass Ihnen dieses Buch gefallen hat, dass es Sie fasziniert hat und Sie in eine Welt voller Magie, Leidenschaft, Kampf und Loyalität entführt hat. In einer Welt, die so weit weg und doch so ähnlich ist wie unsere eigene.

Ich danke Ihnen für Ihre Zeit, dafür, dass Sie Ihre kostbaren Stunden der Lektüre dieses Textes gewidmet haben. Wenn er Ihnen gefallen hat, bitte ich Sie, eine Rezension auf Amazon abzugeben, eine kleine Geste, die für uns kleine Autoren viel wert ist. Vielen Dank für Ihre Aufmerksamkeit.

Eine Umarmung

Matthias

Printed in Germany
by Amazon Distribution
GmbH, Leipzig

27390447R00063